任溶溶这样开始翻译

韦泱 著

浙江少年儿童出版社·杭州

序言

认识韦泱先生是我的幸运。早些年他写过我的一篇文章，把我写得太好了，只是题目上称我"老顽童"，我想了想，觉得自己还不够顽皮，提出商榷意见。他接受了，后来把题目改为《译界有个老小孩》。那时他每次来寒舍，总会带一两本我早期出版的译著，说刚从旧书摊淘来，让我签名留念。今年初，韦泱来看我，说退休了，可以有时间为我的这些旧译写本书了。这就是我的大幸。

大幸之一，韦泱肯花时间，写写我过去翻译的书，我很感谢他。他是书话作家，写过不少文坛老作家和旧版本，我多数都阅读了，感到写得认真扎实，花了真功夫。我信任他会把这本书写好。我想，没有第二人更能胜任这个角色了。

大幸之二，是我可以借此重温自己走过的翻译经历。自

任溶溶近影

我20世纪40年代后期从大夏大学毕业，到50年代后期的十余年时间中，我的绝大部分精力都用在了翻译外国儿童文学作品上。这是我第一个埋头译书的苦干期，不知不觉中翻译出版了七八十种小册子，韦泱从中选出五十种，是主要的代表性作品。那时我不知翻译的艰辛，还以苦为乐哪！也许翻译搞多了，倒为日后自己搞创作提供了借鉴，在无书可译的年代，便顺利转到创作上来了。

大幸之三，是这些写过的翻译旧著，成了一代人的温馨记忆，现在的小读者都很陌生了。当年印数很大，很受小读者欢迎的这些书，如今却难见踪影。无论是这些译著的内容，还是封面书影、版本装帧，都留有那个时代的印痕。如今通过韦泱的笔，把这些书的原版作者和翻译的轶事、印刷出版的史料等，作了回望和还原，多少呈现出历史的真实状况。通过这样一本比较特殊的书话集，即一本儿童文学译著的书话集，可以了解特定时期我国儿童文学的翻译情况，任也是一种历史的重温。

最后，感谢韦泱先生为我梳理了我早期的这些繁杂的旧译。如果读者看到近年浙江少年儿童出版社、上海译文出版社等为我出版的各种译作集，再对照韦泱先生这本文图并茂的书，多少有导读的作用在里面哪！

2019年6月30日

目 录

- 001 《小鹿斑比》：七十年前的"迪士尼"
- 006 最有迪士尼味的《彼得和狼》
- 010 格雷厄姆《柳树间的风》
- 015 "列麦斯"的故事
- 020 《神奇的颜料》真神奇
- 026 飘着羊肉香味的《亚美尼亚民间故事》
- 031 哥俩好的《小哥儿俩》
- 035 马尔夏克的景仰者
- 040 讲讲《列宁的故事》
- 045 动物们的《好医生》
- 049 《大刷大洗》爱清洁
- 053 猎人故事多

058　《给孩子们》的诗

062　参观《我们的工厂》

067　丁玲与《一年级小学生》

072　森林变成了城市

076　《进攻冬宫》那一刻

081　又一个《大晴天》

085　《老太婆的烦恼》消除啦！

089　她《在蓝色大海的边上》

093　《我的会演戏的鸟兽》戏好看

097　丑陋的《白天使》

101　从南朝鲜到北朝鲜

106　可恶的《雪女王》

110　可爱的"小兔子"

114　经典的《俄罗斯民间故事》

118　从小爱看哈哈镜

123　他都《洗呀洗干净》了

- 127 《古丽雅的道路》宽又长
- 133 《小房子》的童话
- 137 巴尔托的儿童诗
- 141 勇敢前进吧!
- 145 儿童爱看故事诗
- 149 《小草儿历险记》真有险
- 154 《家庭会议》促学习
- 158 明亮的《小星星》
- 162 幸福的一家
- 166 《响亮城》的幸福孤儿
- 170 《肮脏的小姑娘》变白了
- 174 "洋葱头"和他的伙伴们
- 179 一部拍成电影的儿童小说
- 183 给孩子们写的诗
- 188 独特的《两只笨狗熊》
- 192 《6个1分》讽刺懒学生

196	薄薄的《麦秆牛》
200	没有译完的长篇小说
205	盖达尔和"铁木儿运动"
210	《小驼马》中的伊凡
214	儿童爱读寓言诗
218	一本五彩的书

| 223 | 后　记 |

《小鹿斑比》:
七十年前的"迪士尼"

现在的小朋友,很少有不知道迪士尼的,况且它已开到了上海浦东,这个乐园每天吸引无数小朋友前去游玩。可谁知道,"迪士尼"的概念第一次引进中国,却是在任溶溶的译著"华尔·狄斯耐作品选集"中,用今天的译法,"华尔·狄斯耐"不就是美国动画片大师华特·迪士尼(1901—1966)吗?《小鹿斑比》就是这套六种丛书中的第四本。

此书1948年由朝华出版社出版,是我见到的任溶溶最早出版的一种译著。1946年,任溶溶从大夏大学(华东师范大学前身)毕业,因有同学在《儿童故事》杂志当编辑,请他提供作品,他就开始翻译些外国儿童文学作品。他在南京东路别发洋行内的外文书店,常常看到由美国迪士尼公司绘制的荟萃欧美各国优秀儿童作品的原版卡通童书,这触发了他的灵感。他心

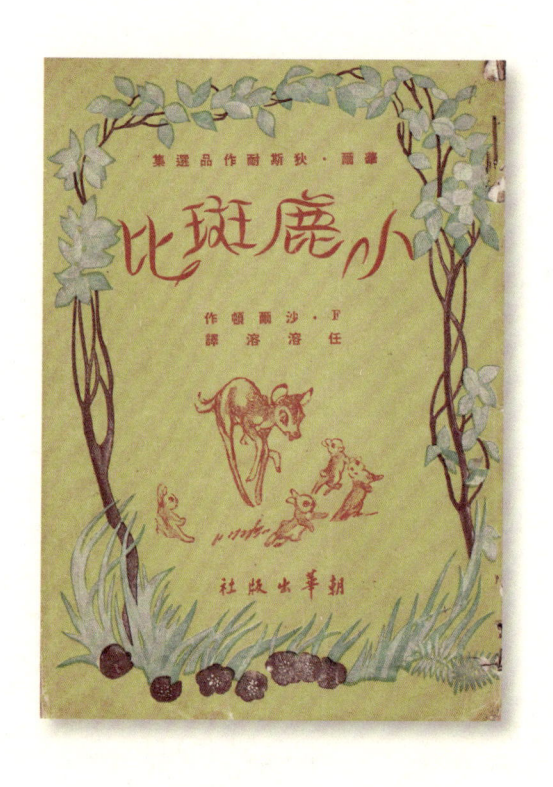

《小鹿斑比》 朝华出版社1948年10月版

想，如果把它们翻译成中文，一定会受到中国儿童的喜爱。于是，他淘来这些外国原版儿童书，开始一部部翻译起来，一口气译了许多，《小鹿斑比》只是其中一本。怎么办？赶快出版呀。可是他太喜欢这些读物了，不肯轻易交给人家出版社出书，那就干脆自己办一个出版社吧，取名叫"朝华出版社"，社址当然就是他家的地址，在"上海四川路五七二弄四号"，请他的大学中文系恩师——大名鼎鼎的郭绍虞教授题写了社名。书印出来了，郭教授一看，对他说我是竖写的，怎么印成了横排的字？书法横写与竖写，运笔是不一样的。这么一听，任溶溶也傻了，怪自己不懂书法，对不起老师的一手好字。出版社印书，首需的是纸张，这不愁，任溶溶的父亲是开纸张店的小老板，就搬点纸交给长乐路上一家印刷作坊，父亲还付了些印刷费，算是给儿子出书的赞助吧。任溶溶请来好友——画家沈涤凡先生任美术编辑，书很快就印出来了。不是一本，而是六本一套的丛书。虽然是薄薄的，却是很可爱的装帧设计。由于任溶溶的翻译，中国的小朋友第一次阅读到了中文版的迪士尼作品，真是有福啊！

不知自己出版社的书销路如何，有一天，任溶溶悄悄地从福州路弯到昭通路，到这里的图书批发市场暗暗观望。看到自己翻译的书正在一拨拨被批发，他深感欣慰。后来，他的好友孙毅以摆书摊为掩护，进行地下党的宣传工作，也曾从他那里借些新印的书去撑门面。

《小鹿斑比》是迪士尼根据奥地利著名童话作家费力斯·沙尔顿的名著改编成的卡通片，1942年8月拍成公映。故事描写的是一只森林中的小鹿从弱小的麋鹿，经过各种苦难和锻炼，终于成为森林里的王子，成为一切动物的领袖。此书只有十六页，几乎每页都有一至二幅可爱的小插图，图文并茂，像在读连环画。

　　看书中的描述："斑比正在自满着头上新出的鹿角时，恰巧碰到他的老朋友小兔顿拍和黄鼠狼花花，他们正在和住在大树上的智者——老猫头鹰讲话。他们偶然看见头顶上有两只鸟相互飞逐，高声鼓扑翅膀，叽叽喳喳地叫着。'他们在做什么呢？'顿拍问道。'他们在谈情。'猫头鹰说。'那话是什么意思？'花花问。'那是恋爱。'猫头鹰答道。'这种事每个春天都要发生的。譬如你正在走着，忽然见到一张漂亮的脸，于是你的膝盖发软了，你的脑子嗡嗡响了。'"这是多么有趣又有智慧的问答啊。

　　这套丛书的另外五种是《小熊邦果》《小飞象》《小兔顿拍》《快乐谷》《彼得和狼》，这些书都充满了童趣。《小熊邦果》改编自美国大作家辛克莱·路易士的童话，写马戏班的一只小熊逃出笼子后，在陌生的森林里到处碰壁，吃了许多苦，最后终于学会了在大自然中生存，享受到真正自由幸福的生活。《小飞象》说的是小象钝波，因为长了一双大耳朵，处处受人欺侮和凌辱，最后他因自己的努力，靠着那双被人讥笑的大耳朵，高飞起来成了名。《小兔顿拍》说的是一只小兔，他的绰号叫"顿拍"，因为他的一只脚处处要顿拍，事事要顿拍，闹得大家心烦意乱，被责为"捣乱分子"。可他居然用顿脚的响声，给猎人发出警报，由此救了森林中的动物性命。《快乐谷》里有一架会唱歌的竖琴，大家在它的歌声中劳动，成为一种乐趣。可是有一天，竖琴被天上的巨人偷去解闷了，大家顿时像失去了空气一样不习惯。最后，米老鼠和友人们上天救回了竖琴，并将寂寞自私的巨人带回了人间，共享集体的快乐生活。《彼得和狼》由两个民间故事组成，一个是苏联的，一个是英国的，虽属两种风格，却是一样的有趣。

　　有兴趣的小朋友，可以把这些书找来自己阅读。当然，七十年前的原书是很难找寻了，那就找重新再版印成的书吧。

最有迪士尼味的
《彼得和狼》

这本《彼得和狼》，只要看看封面，就会乐不可支，连我这个六十挂零的小老头，也像六岁孩童那样喜欢得不得了。这是我看到的最具有迪士尼风格的图画童书，让人立马想到《唐老鸭与米老鼠》。看封面上，红色的书名，多彩的画面，一只唐老鸭，以一个小玩具在逗引着狼，一个像滑稽小丑一样的小孩，用手上的绳子套住了狼的脖子。这是典型的迪士尼卡通画夸张的画法。书中每页都有插画，即使不识字的幼小儿童，也能看懂书中故事的大概意思。

此书是任溶溶"华尔·狄斯耐作品选集"的第六种，在1948年出版后不到半年，即第二年三月又再版印刷，可见当年就很受我国儿童读者的欢迎。

这本童书里收集了两个民间故事。前一个故事《彼得和

《彼得和狼》 朝华出版社1948年10月版

狼》，是苏联老音乐家普罗柯菲耶夫所著，原先是一首以此为标题的乐曲。它里面是有故事性的，故事中的每一个角色都用一种乐器，奏出一段固定的旋律来作为代表，每一次当那角色出场的时候，便奏出那一段旋律，使我们在这些旋律中，去想象一个个人物角色。作者就是这样，在没有文字也没有图画的音乐中讲述故事。迪士尼不愧是动画大师，他的本事真大，将相关图画配到音乐中去（迪士尼的一般做法是把音乐配到画面中），制成了一部卡通音乐片。

《彼得和狼》讲到，彼得是一个好心肠的小孩，他喜欢一切动物，想跟一切动物交朋友。他不让任何动物受到伤害，在他心里，一切动物都有生存的权利。可是，他没有见过狼。在见过狼之后，他改变了想法，认为狼应该去动物园待着。

书中写道："门才关上，彼得便听见外面林子里有奇怪的声音，恐怖的声音，踩踏声，尖叫声，怒吼声和吵闹声。彼得爬上墙望出去，雪上露出一只凶狠的狼，红眼睛在瞪着他，毛茸茸的灰色鼻子一路闻嗅着过来。"结尾当然是："来吧，我们应该排着队，欢送这狼到它的新居去。"狼被三个猎人"排着得意的行列向动物园走去"。

后一个故事《小小鸡》，也跟狼有关。它是英国的一个民间故事。这小小鸡是一个糊涂的家伙，因为它的糊涂，狡猾的狼才敢于利用它，把它所有的同伴引到狼的肚子里去。最终，狼的计划没有得逞。书中的第一句话就写道："洛斯狼名副其实是一只狡猾的狼。"最后写道："那大石越滚越快,它到了洛斯狼的洞口便停住不动了,恰巧像瓶口的塞子一样,把洞口塞住。狼从洞里叫出来:'快把我放出来呀,我连气也透不出了,我就要闷死在洞里了!'"狼就这样被他们封在洞里啦!

在这本书的后面,有任溶溶写的《译后记》。他告诫读者:看过《彼得和狼》这个故事,恐怕很容易明白像那一只狼,他虽然也是一只动物,照理也跟任何别的动物同样有生存权利,可是他的生存就是他人的死亡,不是他被捕就是他捕别人。所以放过恶人就是危害好人,不辨善恶的"烂好人"是要不得的!

任溶溶最后写道:"小小鸡的糊涂实在危险,不辨是非的糊涂虫也是要不得的。在这个是非不易明、善恶不易分的社会里,希望小朋友们不做烂好人,不做糊涂虫。"

格雷厄姆
《柳树间的风》

任溶溶翻译的"华尔·狄斯耐作品选集"丛书六种出版后,因销路好,很受读者欢迎,使他既很受鼓舞,又觉意犹未尽。因此,他在外文书店又淘得相关童话书,索性不停顿地翻译下去吧。这本《柳树间的风》就这样译出来了。这本书以及同期出版的、名声更大的《木偶奇遇记》,他都同样冠以"华尔·狄斯耐作品选集"的名称,也就是说,他要继续推进迪士尼童书的翻译工作。

《柳树间的风》由朝华出版社初版于1949年,原是英国作家凯涅斯·格莱汉(现译为肯尼思·格雷厄姆)所著。书中讲的都是动物的故事,什么老鼠呀,鼹鼠呀,蟾蜍呀,在他笔下,演绎出一幕幕精彩绝伦的故事来。

你看,那位蟾蜍大少爷靠着祖上传下来的那份产业,尽情

《柳树间的风》 朝华出版社1949年1月版

挥霍，不做事，不生产，真像一个大饭桶。书中写道："麦克贝格的脸涨红了：'淡黄色的汽车，他把它撞坏了，于是又买了一辆新的，他又把它撞坏了，再买一辆，一辆又一辆！他老把账单往我这边送，账单、账单、账单，可是没有钱付！朋友们，你们现在必须劝住他了，趁可怕的事情还没有发生之前。''我们已经劝过了，'鼹鼠胆怯地说，'可是蟾蜍就是不听。'后来蟾蜍醒悟了，说：'我实在获得一番教训了。'蟾蜍在他的三个好朋友面前难为情地垂低了头：'我要痛改前非了，换一个样儿，不再买汽车了！蟾蜍不是那种东西！'"

这样的童话故事，对小朋友们富有教育意义。

任溶溶在《译后记》中这样写道："如果能够建立一个'有饭大家吃，有工大家做'的新社会，消灭这个'没钱的人做苦工，有钱的人做饭桶'的旧社会，不但可以永远消灭了贫穷，同时也可以永远消灭了这些历代传下来的饭桶！"

这样的童话是如何写出来的呢？据说，作者格雷厄姆有个绰号叫"小老鼠"的六岁的儿子，每晚睡觉前，都要缠着爸爸给他讲故事。格雷厄姆什么动物故事都讲，讲得有趣极了。儿子常常在父亲的故事中满意地入睡。后来儿子稍大些，要到海滨去旅行了，可是，一想到离开老爸他就听不到好听的动物故事了，他便坚决不肯离家远去。父亲没有办法，便答应儿子，会经常给他写信，把这些故事写在信里寄给他看。1907年，这些信积攒了厚厚一沓，就成了这部书稿的基础。写下去就成了

《柳树间的风》。

不过，看惯格雷厄姆的散文、小说的几家出版商，当年对这部童话并不看好，认为堂堂一个大作家，怎么去写鸟言兽语的童话呢？因此，该书多次遭到退稿。谁知此书1908年问世后，竟然成了英国家喻户晓的儿童读物，还被改编成剧本，搬上了舞台。迪士尼更是把它拍成动画片，让不识字的小朋友也能欣赏这部世界经典儿童文学名著。

作者肯尼斯·格雷厄姆1859年出生于英国爱丁堡，童年很不幸，父母早亡，由亲戚抚养长大，中学毕业就到英格兰银行工作。他喜爱文学，业余时间都用来写作。不过，他更爱大自然，这为他以后写作以动物为主题的童话故事积累了丰富的素材。后来，他在银行被一个疯子枪击受伤，只得提早退休，于1932年去世。

他的童话作品文笔优美，是地道的英国散文风格，在曲折的故事中，有细腻的文学描写，有引人思考的哲理。他的作品中，主角净玩些新玩意，如马车、汽车、游艇什么的。迪士尼后来在把他的作品搬上大银幕，又加上了飞机——虽然他的童话里没有写到飞机，因为那时还没有发明飞机。要是放到现在，还要加上机器人大战呢！

这部故事是专为他儿子写的，也是专门写给小朋友看的。不但英国小朋友喜爱，被译成各国语言后，也受到全世界小朋友的喜爱。1951年，格雷厄姆的遗孀把他写给儿子的所有关于

动物的信件，在他去世十九年后，结集出版。

  此书在我国最早由任溶溶译成《柳树间的风》，出版后听取读者建议，曾把书名改为《蛤蟆传奇》。1997年9月，此书被列入"世界少年文学名著丛书"，在原书名《柳树间的风》下面，加了"（又名《蛤蟆传奇》）"一行字，由中国工人出版社出版。任溶溶在书前写了《译者的话》，开头写道："作者给自己的孩子讲个故事，结果却成了儿童文学名著，这样的事不是个别的。远的如《爱丽丝漫游奇境记》，是道奇森给朋友的女儿爱丽丝讲的故事；近的如《长袜子皮皮》，这故事也是作者林格伦给自己生病的女儿讲的，写下出版后大受儿童欢迎。现在介绍给大家的这部《柳树间的风》，也是这样写出来的。"

"列麦斯"的故事

译出"华尔·狄斯耐作品选集"丛书后,任溶溶马不停蹄,接着翻译了"列麦斯叔叔的故事"丛书,依然由他自己开办的朝华出版社编辑成书,并于1949年出版问世。

丛书的原作者是J. C. 哈里斯(1848—1908),现在通常译为乔尔·钱得勒·哈里斯,并由W. 狄斯耐插图,也就是美国人家喻户晓的迪士尼。所以,任溶溶的外国儿童文学的翻译,继续与迪士尼有着黏胶般的密切关联。

这套丛书一共六种,即《龟兔大赛跑》《兔子医病》《兔子骑狐狸》《老熊的火鸡》《鬼的故事》《焦油娃娃》。每一种都含有二至三个童话故事,六本书共载有十四篇故事,每本书以其中的一个故事题目作为书名。

且看《龟兔大赛跑》的开头:"有一天早晨,兔子老弟'皮

《龟兔大赛跑》《兔子医病》 朝华出版社1949年版

里提、克里皮提'地走下大路，心里又开心又自在。他一跳一跳地走，他一跳一跳地跳舞。他对生长在田野上的花草眨眼，他向高大美丽的树鞠躬，他向蟋蟀和蜜蜂说'早安'。过了一会儿，他开心得想要翻跟斗来了。"

每天晚上，萨莉夫人七岁的儿子都要坐在黑人大叔列麦斯的身边，头靠在他粗壮的手臂上，津津有味地听着这些故事，然后才能安然入睡。

这一天天地讲啊讲，列麦斯讲了很多很多，就有了哈里斯笔下的这套丛书。

这个美国作家从小生活在贫民区，接触到大量从非洲移民过来的黑人，他们中间流传着很多非洲民间故事，让他听不够，听了还想听。长大后，他就把小时候听到的这些妙趣横生的故事，用文学描述手法写出来。从1878年开始，他就以"列麦斯大叔讲故事"为题，在《宪法》报上连载发表，后来汇编成六册故事集。这些书被文学评论家誉为"美国儿童文学经典"。

当时，几乎所有儿童都如同听哲人和前辈的故事一样，来听列麦斯大叔讲故事，"列麦斯"成了儿童心中的一个光彩无比的不朽形象。

迪士尼公司也闻风而动。1946年，他们根据列麦斯的系列童话内容，拍摄了第一部真人与动画相结合的长篇动画片，取名叫《南方之歌》。影片浓缩了列麦斯的所有故事，主角兔子老弟和动物们斗智斗勇，在趣味无穷中引人深思。他的遭遇

让人想到许许多多的非洲黑奴，他们的人生，同样也是在夹缝中挣扎，在艰难中求生。该片放映后，广受好评，一举获得了奥斯卡最佳原创歌曲奖、奥斯卡终身成就奖。在美国亚特兰大市首映时，其轰动程度不亚于当年上映的成人故事大片《乱世佳人》。

2005年1月，由上海儿童文学作家秦文君创意策划，中国福利会出版社出版的"世界名著小火车"丛书中，收录了《雷木斯大叔讲故事》一书。"雷木斯"即"列麦斯"，任溶溶在这套丛书中新译了三十四篇之多，大大丰富了早期"列麦斯叔叔的故事"丛书中的故事内容。

这些被迪士尼拍过电影，配过无数卡通画的童话故事，成了任溶溶一生的挚爱和牵挂。可是，在那个特殊年代，由于意识形态的关系，任溶溶很少谈及他翻译美国迪士尼童话书籍的相关译事。人们也不知晓，他是把"迪士尼"系列书籍介绍给中国小朋友的第一个翻译家。即使到了晚年，他仍孜孜不倦地继续改译和翻译。除了"华尔·狄斯耐作品选集"和"列麦斯叔叔的故事"以外，近年来，任溶溶还翻译了英国作家A. A. 米尔恩的小熊维尼系列丛书，这部作品同样被迪士尼改编成深受大众喜爱的卡通片，由浙江少年儿童出版社于2007年7月出版。可见任溶溶内心的"迪士尼"情结有多么深厚，渊源是多么深远啊！

华特·迪士尼于1966年去世，如果他地下有灵，知晓有一个翻译家用汉语译了他的那么多卡通图画书，介绍给中国众多的小朋友，迪士尼也要向任溶溶鞠躬作揖了。

《神奇的颜料》真神奇

这是任溶溶早期的一部三幕童话剧译作,出版于1949年3月,至今已逾七十年。现年九十七岁高龄的任溶溶先生,当时只有二十六岁。此书初版印了四千册,现在已颇难见诸,我把它看作是难得的民国版本。原作者为两位苏联作家,一位叫亚历山大·古林斯基,另一位叫尼古拉·伊凡诺夫。外国人名字挺长的,我多数记不牢,但只要记牢中国翻译家任溶溶的名字就没问题了。

此书由立化出版社出版,地址在上海南昌路529弄内,其实这里就是立化出版社创办人、儿童剧作家董林肯(1918—1982)的家。不知道当年是什么模样,现在大概早已时过境迁、面目全非了吧。据说创办之初,董林肯的姐姐还资助过他。董林肯曾改编过鲁迅翻译的《表》,创作过《小主人》剧本,都先后搬

《神奇的颜料》 立化出版社1949年3月版

上了舞台。他早年就读于同济大学机电专业,抗战后去了昆明,在那里创办了昆明儿童剧团。抗战胜利后,他回到上海创办立化出版社,不但出版自己的儿童剧本,还先后出版过包蕾、孙毅等儿童作家的剧作。当年,任溶溶的朋友热心地把《神奇的颜料》推荐给董林肯,他一眼看中,慨允出版。可不慎把任溶溶的原稿弄丢了,任溶溶只得重译一遍再送去。当年他还打算办一个以课余演剧为特色的立化学校,把出版社作为学校的出版部,可能没有办成。上海解放初期,陈毅市长在八仙桥青年会邀请文化界知名人士开了个座谈会,儿童文学作者出席的就有董林肯与陈伯吹,可见他当时已颇有名气了。也许因为出版儿童读物难以维持生计,后来这家私营出版社以出版图画书为主,如程十发的《画皮》等,公私合营中,被并入了大众美术出版社。

此书列为"立化儿童戏剧丛书之四",说明不止这一种,更说明,这家名不见经传的出版社非常重视儿童读物出版和演出。书前有《立化儿童戏剧丛书总序》,其中写道:"儿童戏剧不仅是儿童们正当的娱乐,也是教育儿童最有力的工具,我们为孩子们多做一点,也就是为新国家奠立基石。"

总序后面,还有丛书主编董林肯的一篇文章:《怎样在学校里演出〈神奇的颜料〉》,内容丰富而详尽。他写道:"这一个童话剧,曾经在苏联各地演出过很多次,演出的成绩非常良好,现在通过任溶溶先生流畅的译笔,把它介绍给中国的小朋友们,实在是件值得高兴的事情。"

　　这是一个非常有趣的故事。说的是从前有一个画家,他有一种神奇的颜料,用这种颜料画出来的东西都是活的。自私的蜘蛛王知道了这件事情,就派他的爪牙把画家捉到王宫里去,要画家给他画各种害人的武器和奢侈的东西,画家不答应,蜘蛛王就把他关了起来。画家的徒弟是一个可爱的小姑娘,带着伙伴们历经千辛万苦去找画家。他们来到蜘蛛王的王宫,用画家神奇的颜料,把蜘蛛王画成一只小蜘蛛,然后把他杀死了,又把狗熊大臣画成一块石头,使他再也动弹不得。于是,画家恢复了自由,为人民画出各种美丽、有用的东西。最后在"今天大家自由地呼吸/既不担心也不苦恼/真理保佑一切好人/生活像我们一样美好"的歌声中,全剧欢快地落下帷幕。

　　这出戏中,画家的颜料真是神奇啊!全剧宣扬的就是鼓励孩子们与自私、邪恶作斗争,团结、互助战胜敌人的勇敢精神。

　　这原作就是这么生动,但任溶溶在翻译时,又采取了"意译"的方法,使之更加通俗明白。一方面尽量保持原有的风格及主题,另一方面在对白上略加修改,在人物的上下场和动物的外形上,略加一些说明,其目的就在于使中国的儿童易于理解和接受。这就体现出翻译家的良苦用心。

　　此书虽是外国人所著,难能可贵的是,译成中文后,由中国画家来配画,封面与五幅插图,画得也是妙趣横生。这位画家叫邢舜田。多年前,任溶溶写过一篇文章《不该遗忘的画

家》，说邢舜田出生于1911年，是我国儿童图画书的元老级画家，抗战前曾为苏苏（钟望阳）的儿童小说《汉奸的儿子》画过书籍封面。因为他为《神奇的颜料》画了插图，两人就成了好朋友。中华人民共和国成立初期，邢舜田在陈鹤琴创办的"幼师"教书，是拉丁化新文字工作者，与任溶溶是同行。而陈鹤琴更是新文字工作的倡导者，写过新文字的课本及连环画，都由邢舜田为之配插图。任溶溶经常会去"幼师"找陈鹤琴，也就经常与邢舜田见面。作为上海儿童文学联谊会的成员，邢舜田为陈伯吹、贺宜、方轶群等儿童作家的作品画插图，还创作了图画书《金钥匙》，很受小朋友的欢迎。20世纪50年代初，邢舜田调往北京的中国青年出版社工作，后在中国少年儿童出版社工作，听说反右时"落马"，被遣返老家。此后两人音信全无。邢舜田于1988年病逝，现在已不大有人知道这样一位儿童画家，任溶溶不忘旧情，写文追思和悼念昔日老友。

书的后面，还有一则《立化社广播》，类似后记。文中说："我们很欢迎各中小学校和儿童团体选演这个戏。如果你们需要的话，我们还愿意尽全力帮助你们演出，告诉你们怎样去解决上演时所发生的各种问题，和怎样去克服排练过程中的各种困难。我们愿意和热心儿童戏剧的朋友们经常保持通信联系，共同为儿童戏剧运动挽起手来。"写得也是辞恳言切。

此书出版当年，又由上海文化出版社印行出版。1955年7月，译者重新进行了修订，由上海的少年儿童出版社发行了新的一版。我将初版与新一版的两种版本作了比较，发现译文有了较多变化，更符合儿童的心理及口味，但仍保留了邢舜田的封面画及五幅插画，还增加了任溶溶写的《译者的话》。开头写道："这个三幕儿童剧，我是在解放前据苏联英文版《国际文学》转译过来，交给立化出版社出版的，该社编辑部在文字上曾作了一些改动。这次重新排印，我找不到原文校改，只能做了些文字修改。"此后，《神奇的颜料》一版再版，印量无数。任溶溶的儿童译作，大多具有如此奇好的效果，深受孩子们和学校老师及家长的欢迎。

飘着羊肉香味的《亚美尼亚民间故事》

亚美尼亚，也曾被译为"阿尔明尼亚"。对我们来说，这是一个非常陌生的国度。当我看到这本《亚美尼亚民间故事》的时候，就有很强烈的阅读冲动。看褐色的封面画，是一幅古战场的惊险情景：一群古代骑士在弯弓射箭，威武而充满力度；已有战士被对方之箭射中，卧倒在地。画面给人以悲壮激越、动人心魄的艺术震撼力。而且，书里每篇童话的前面，都有一幅优美的题头画，紧扣故事内容，相得益彰，相映成趣。

此书原作者为亚美尼亚作家哈恰特良茨，他收集了在亚美尼亚世代相传的民间故事，加以编撰成书。20世纪40年代，任溶溶偶然在书店里见到英文版的《亚美尼亚民间故事》，一读就喜欢。他想，这样的书，一定会受到中国读者尤其是小朋友们的欢迎，就决心译出此书，把它介绍给中国读者。

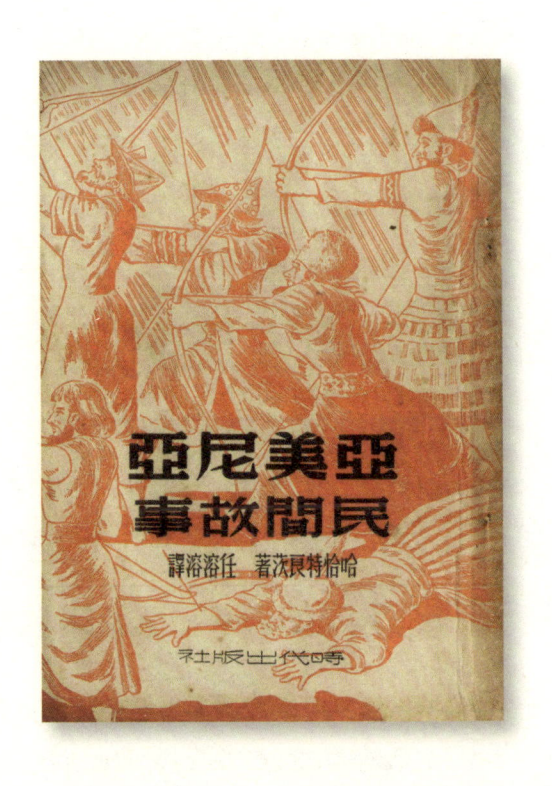

《亚美尼亚民间故事》 时代出版社1949年4月版

很快，中译本的《亚美尼亚民间故事》，于1949年4月由时代出版社出版，首印5000册。这家出版社由苏联人罗果夫以苏商名义开设在上海吴江路60号，而实际主持日常编辑出版业务的，是我国中共地下党的姜椿芳先生。这是我党为抵制日寇的干扰，在1941年策划成立的一家进步出版机构。该社成立后，出版了许多反映苏联军民反击德国法西斯入侵的英雄事迹，以及二战胜利后建设新苏联的书刊。同时，该社十分重视儿童读物的出版工作。在出版《亚美尼亚民间故事》之前，已先后出版了戈宝权译著《十二个月》，磊然译著《黑母鸡》，梦海译著《苏联民族童话》等，这些书籍很受中国儿童喜爱。时代出版社还出版了《时代》周刊、《时代日报》和《苏联文艺》等进步报刊。1953年底，时代出版社迁往北京，结束了在上海的一切业务。

当时，年仅二十四岁的任溶溶帮着父亲经营纸业店，该店曾冒着风险，为新四军创办的《江淮日报》及上海地下党组织供应过纸张，可家里的经济状况却很拮据。姜椿芳从任溶溶的好友倪海曙那里获悉这些情况后，又知道任溶溶学过俄文，就托其给任溶溶带话，请任溶溶翻译苏联文学作品，他译一本，时代出版社便给他出一本。这本《亚美尼亚民间故事》，就是任溶溶在时代出版社出版的第一本书。对此，他一直心怀感激，不忘他的贵人姜椿芳。

这本由十六篇故事组成的童话集，每篇都生动可读，如《会说话的鱼》，讲的是一个工人放走了一条会说话的小鱼，后来这条鱼在工人遭受怪物威逼的危险之际，变成一个年轻人，以灵活的答话，救下了工人夫妻。故事开头写道："从前有一个渔夫，他雇用了一个工人帮他工作，工钱是每天付他几条鱼。有一天，这工人捉到了一条非常漂亮的小鱼，他一面把它放在手上翻覆看着，一面心里想：我很替这条鱼难过，总之一句，它也是一个生物啊。我担心它是不是还有什么亲戚，它会不会也像我们人类一样，有它自己的快乐和痛苦呢？突然，那条鱼用人的声音对他讲起话来了……"这样的写法，很吸引小朋友，总想要急着读下去。故事结尾，是小鱼变成年轻人对读者们说的话："你们记得那句成语吗？要做好事，有一天它也会有报应的。"

1953年12月，时代出版社将此书换成《阿尔明尼亚民间故事》的书名，其他一切照旧，印了第三版，总印数已是23000册了，这应该是这家出版社在上海最后一次印刷此书了。此书后来经译者重新修订，也是一版再版，印量无数。2011年1月，浙江少年儿童出版社以《魔戒指》的书名，出了新版本，书前有译者任溶溶写的《关于这本书》，对此书作了很好的概括："这些故事个个精彩曲折，让人非一口气读完不罢休。虽然这些民间故事的主题也总离不开惩恶扬善、因果报应，但其中包含的民间智慧和文化积淀，则使这些故事历经千年依然有着新鲜的生命力。不仅让我们了解到亚美尼亚人民热爱劳动、热爱正义的特性，也更为他们创造出的灿烂民族文化所感染。"文章最

后,任溶溶还不忘提到书中的插图。他写道:"特别要说明的是,题头画的作者马尔蒂罗斯·萨利安(1880—1972),是亚美尼亚的著名画家。他的画精美、细致,极富装饰性,带有明显的亚美尼亚地域风格,很好地为本书增添光彩。"可见,任溶溶也非常认可好的图书应该有好的配画。新版中全部采用原书十六幅题头画,还增加了八幅整页插图,更为全书增添了观赏性和可读性。当年,这本书的责任编辑是翻译家陈冰夷,他请著名画家池宁来做装帧设计,并说里面的插图要套色,要将书出版得漂亮些。

最后,简单说说亚美尼亚这个国家,它地处亚洲与欧洲的交界处,是中亚地区的文明古国。它曾经是苏联的一个加盟共和国,于1991年宣布独立。它百分之九十的国土为山地,山羊是这个国家的特产。这个好客的民族招待客人最好的礼物,就是烤羊肉串。《亚美尼亚民间故事》中常常写到羊,《主人和工人》的故事中讲,主人吩咐工人去杀一只羊招待客人,工人问:"我杀哪只羊好呢?"主人说:"捉到哪只就杀哪只。"这样,工人就把羊全杀了。主人气急败坏,工人说:"你叫我捉到哪只就杀哪只,我全捉到了就全杀了。"弄得主人哭笑不得。这样的故事令人忍俊不禁,又充满智慧。我们不妨说,这个国家以及他们的民间故事,仿佛处处都飘着羊肉香味。

哥俩好的
《小哥儿俩》

《小哥儿俩》一书，出版于1949年6月，是继在时代出版社出版《亚美尼亚民间故事》后，任溶溶在该社出版的第二本儿童题材译著，两书前后仅仅相差两个月，初版印数5000册。

这本书是任溶溶根据苏联英文版《国际文学》杂志译出，原名叫《好像什么事也没有过一样》，后来任溶溶又按俄文版原文重译了一遍。此书原作者为阿·托尔斯泰（1882—1945），他与写过《战争与和平》的那个列夫·托尔斯泰是两个人。他也是苏联著名作家，出生于萨马拉一个贵族家庭，1901年进入彼得堡工学院，中途退学，投身文学创作，后出国侨居巴黎和柏林，写了自传体小说《尼基塔的童年》。我国另一个翻译家朱雯翻译过他的长篇小说系列《苦难的历程》等。

《小哥儿俩》是一个带有自传性质的故事，篇幅不长，大约

《小哥儿俩》 时代出版社1949年6月版

不到两万字，分十一个章节，每一节都写得短小紧凑，前后环环相连，如"两兄弟""爸爸和妈妈""哥俩儿出发去冒险"等。童话写的就是两人去冒险的故事。开头写道："有过这么两兄弟——尼基塔和米嘉。尼基塔还不很大，可也不算小了。他常常读冒险故事。每逢他读冒险故事的时候，他就爬到桌子底下去……"这样的开头，就埋下了伏笔，说明哥俩会闹出一些不大不小的动静来。

尼基塔和米嘉彼此很要好，常常在地板上，在许多玩具中间，像小狗一样玩耍。真是一对活宝似的"哥俩好"。

他们读冒险故事，就想着去冒险，原因很简单，因为他俩很淘气，父母看不惯。一会儿爸爸说："尼基塔，好好吃面条，要不然，你走进黑房间里去。"一会儿，妈妈说："米嘉，不要再用汤匙敲盆子了。"于是，哥哥尼基塔对弟弟说："米嘉，对于我们的爹娘，用不着有多大希望了，我们应该自己教育自己啦！"趁父母不在家时，他俩真的去冒险了。他们带着一条叫茨冈的狗，作为他们的好帮手，一路相伴，给了他们许多快乐。后来，他俩回到家里，好像什么事也没有发生过一样。爸爸、妈妈回来了。爸爸说："谢谢你告诉我好不好？你到底在动些什么脑筋呀！"于是，尼基塔用平淡的口吻说："我们坐了一只名叫麻雀号的帆船去旅行。在日丹诺夫卡河上，靠近断柳树的地方，我们打垮了一个野蛮人的部落。这件事情以后呢，我们的船遇了险，又给野兽进攻过，可是，一个勇敢的鼓手救了我们。

我们到他的帐篷里去,在一个非常和气的部落里做了一会儿客人,接着就平安地回家了。"

在卧室里,尼基塔对米嘉说:"妈妈和爸爸不相信我们当真去旅行过。你知道我准备怎么办吗?我要把这次的旅行写成一个故事,你就给这个故事画插图吧。我们可以出版一本书,那时候,他们就会相信我们了。"

这哥儿俩,真是有勇有谋又有趣,还有点写作、画画的本领呢!

此书的封面上,是朱红色的书名,书名上端,是一幅小速写,画的就是小哥儿俩:哥哥在前拿犁耙,弟弟在后面握扫把,一对爱劳动的"哥俩好"。书里每一节都有很有趣的小插图,可以加深小读者对书中内容的理解。

此书在1965年12月由少年儿童出版社出了新的一版,首印25200册,书名已改为《小哥儿俩探险记》,译文也作了修订,原书的插图都用上了。2009年1月,安徽少年儿童出版社再版印行,也许文字不多,书后加了任溶溶翻译的另一位苏联作家班台莱耶夫的童话《洗刷刷》,加起来也只有三万多字,让儿童阅读倒是挺合适的。书后还增加了原作者和译者的介绍文字,也是让读者增加多方面的了解吧。

马尔夏克的景仰者

任溶溶喜欢马尔夏克的作品,他曾高兴地说:"我是马尔夏克的景仰者。"他翻译马氏的专著,第一部作品就是《密斯脱特威斯脱》。此书由时代出版社初版于1949年9月,印4000册,第二年12月再版又印4000册。

这是一部儿童讽刺长诗集,用俏皮轻松的儿歌形式、诙谐风趣的诗的语言,讽刺了当时美国歧视黑人的种族主义倾向。作品中的主角叫特威斯脱,他是"前任的/部长/百万富翁/银行家和经纪商/股票/报纸、轮船/地产的大老板",他带着家人外出旅行,周游世界,在旅行社为他安排的轮船上,他十分挑剔:"不许有塌鼻子/不许有黑炭团/一想起了/黑面孔/禁不住就心头作呕。"一路上,这个密斯脱特威斯脱都看不起黑色人种,可是到了社会主义国家苏联,就碰到了大钉子:他因为不

《密斯脱特威斯脱》 时代出版社1949年9月版

《美国大老板》 少年儿童出版社1954年7月版

肯住在有黑人住的旅馆，结果哪儿也找不到住的地方，只好在旅馆门厅里的椅子上过夜。他吃过这个苦头，第二天，不管旅馆里有没有黑色人种，只要有房间就抢着住进去了。诗中活脱脱地表现出这个人处处种族歧视，一副美国大老板的傲慢神情。诗人以短促有力、幽默隽永的诗句，对这位"密斯脱"极尽讽刺之能事，生动地再现了美国一些所谓上等人的丑恶嘴脸，寓思想性于童诗中，让小读者们深受教育，并受到诗的熏陶。

时代出版社之后出版过苏联文学研究专家、翻译家戈宝权先生翻译的《十二个月》，这是马尔夏克的一部戏剧。书后有译者写的《关于作者》一文，开头写道："在苏联，差不多没有一个小孩子不知道沙摩伊尔·马尔夏克这个名字，因为他为他们写了无数迷人的诗歌、故事和剧本，他充满了无限的童心。"并说他从小热爱文学，十一岁就已经翻译了古罗马诗人荷拉士的《颂歌》。他的文学创作得到了高尔基和托尔斯泰的关注与帮助。马尔夏克的才华是多方面的，他既是诗人，又是翻译家；既是儿童文学作家，又是剧作家。他晚年回到彼得格勒，专心为儿童创作。"他的作品不只是到处被孩子们阅读、朗诵，同样也被搬到舞台上去，使他成为苏联孩子们最敬爱的一位作家。在儿童读物方面，像《快乐的日子》《诗歌与谜语集》等，都是苏联儿童最熟悉和最爱读的书。他为儿童所写的剧本《十二个月》，曾得到过斯大林文艺奖金。"

在任溶溶早期译著中，儿童诗占了相当比例，尤其是苏联

儿童诗。他最钟情、翻译数量最多的，就是马尔夏克的作品。有专家指出，马尔夏克的儿童诗注重情节动作，简洁明快，形象生动，富有戏剧性和幽默感，是具备和符合儿童阅读的珍贵读物。正如法捷耶夫所说，马尔夏克善于在诗里讲述有关重大社会内容的那些复杂的概念，而丝毫不带教训人的口气，他往往采用游戏的方式，那么生动活泼，那么迷人心窍，并且那么易于被娃娃们所理解。

这就是任溶溶为什么喜欢并翻译了那么多的马氏作品的理由。晚年回顾自己的翻译经历，任溶溶先生不无感慨地说："如果没有我，就没有那么多翻译的儿童诗，这些诗曾给我们儿童诗作者启发。在二三十年前，大家都知道马尔夏克。我觉得现在很多人不晓得，是出版的问题。"

《密斯脱特威斯脱》出版后，任溶溶又将这部长诗重译了一遍，改名为《美国大老板》，由少年儿童出版社于1954年7月出版，初版印数10120册。配了符·列别杰夫的插图，由我国少儿美编马如瑾装帧设计。之后任溶溶又翻译出版了马氏另一部长诗《过去的事——没有了的事》，中文译名改为《给新少年讲讲旧日子》，还有《说说一年的道理》，中文译名改为《对留级生说的话》，等等。

由于大量翻译马尔夏克的儿童诗，任溶溶深谙儿童诗的写作真谛，感到儿童诗的创作有着自身规律和窍门。20世纪50年代后期，由于中苏关系开始恶化，苏联的文学作品不便在国内翻译出版,任溶溶想,干脆我来写写儿童诗吧。就这样,他开始尝试儿童诗的创作,第一部作品《小孩子懂大事情》便一炮打响,成为中国儿童诗创作的经典作品。

讲讲
《列宁的故事》

《列宁的故事》首次出版于1949年12月，印数5000册，由时代出版社出版，这是任溶溶在该社出版的第四本译著。两年后的1953年1月，上海又印了第三版，印数已是12800册，这也是该社在迁往北京前的最后一个版次了。后来见到时代出版社在北京印了第五版，总印数已达57870册了。据说还印过第九版，可惜我没有见着。

该书是译者任溶溶根据1942年的俄文原版译出，原作者是柯诺诺夫（1895—1957），原名很长，叫亚历山大·捷连季耶维奇·柯诺诺夫，他是苏联时期拉脱维亚的作家，除此书外，还出版有小说《忠诚的心》等。他出生于拉脱维亚的一个叫道加夫皮耳斯的小地方，从小在家乡长大，熟悉拉脱维亚当地农民，与他们建立了深厚的感情。成为作家后，他把童年时代的见闻

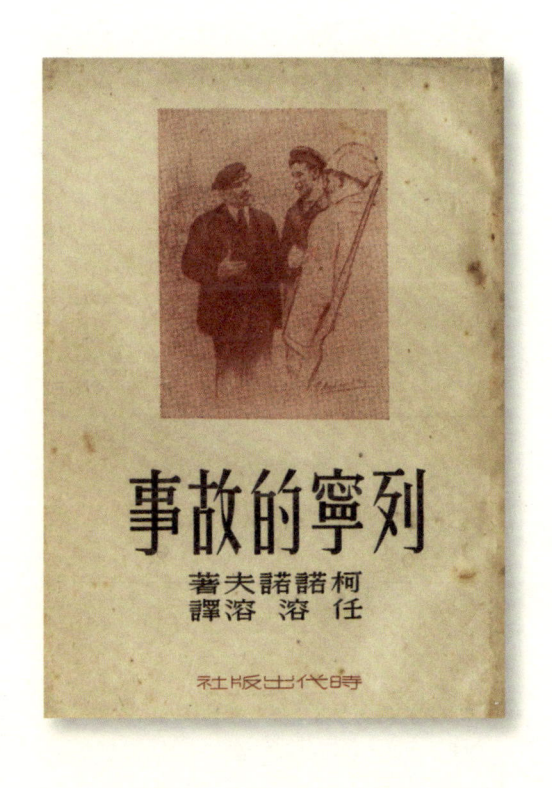

《列宁的故事》 时代出版社1949年12月版

都活灵活现地描述在自己的作品中,用以献给拉脱维亚及其为争取自由而斗争的人们。拉脱维亚原是苏联的一个加盟共和国,1991年独立,与爱沙尼亚、立陶宛共称"波罗的海三国"。当年在苏联,这是一部极为畅销的全民读物,因为大家都热爱列宁,他是苏维埃社会主义共和国联盟伟大的缔造者。

这时,中华人民共和国刚刚成立三个月,各行各业正百废待兴,显示出一派建设高潮。当时,我国又与苏联处在非常亲密的友谊期。所以,苏联的热门书籍,我们都会热心地把它翻译成中文,使我们前进的步伐尽量与苏联靠得更近些。

在这样的时代背景下,任溶溶翻译了《列宁的故事》。这是他在中华人民共和国成立后出版的第一部外国儿童文学译著。从译者的角度看,他更多关注的是原著本身的文学质量,觉得这本书从文学角度来说,写得不错,很适合青少年阅读。这是他翻译此书的原动力。

《列宁的故事》在目录下,共有二十五个章节,每个章节讲一个故事。第一章节的题目是"在舒施河上"。1897年,列宁被沙皇充军到舒施村,在那里一共住了三年,这故事就发生在那个时候。故事开头写道:"西伯利亚的舒施河边,有个舒施村。关于这个村子,先前是很少有人知道的。它隐蔽在森林和水地中间,离开铁路又那么远,离开大城市可就更加远了,连信件也难得到这儿来。"来到这里的列宁对当地民众说:"我们来做一个真的溜冰池,你们说怎么样?"结尾写道:"父亲赶过了儿子以后,就对儿子说:'你怎么会赶得上我呢!我穿溜冰鞋,还是列宁教的。'"后来他又告诉他儿子,舒施河上第一个溜冰池是怎样建造起来的。他们上了岸以后,父亲还指给儿子看,当时列宁站着望天鹅的地方。

最后一个故事是"一座纪念像"。它写的虽然不是列宁本人的故事,却是苏联人民保卫列宁雕像的故事。它写道:"市镇边上,有一个学校,这学校是新造的房子,门口还有圆柱子。学校对面有着一座高高的土岗子,竖着列宁的纪念像。"后来,苏德战争爆发,"德国人一进市镇,镇上所有的街道都被打得一塌糊涂。"六个当地百姓,千方百计把炸坏的列宁纪念像找回并安放到原处。"德军马上发警报,整整一中队的兵跑过来。可是这时候,市镇的另外一头闪出了一队骑马的游击队员。这一下,德国兵可给两面夹击了,一直打到他们一个也没留下来。"故事也许并不曲折,但却很鼓舞人心。苏联读者和中国读者都被列宁的精神和品格所感染。

以往读人物传记,往往都是大部头的严肃的文字。这本《列宁的故事》,却是用一则则生动可读的小故事,串起了列宁平凡而伟大的一生。这样的读物,更适合小朋友们阅读。

译者任溶溶没有辜负当年恩师姜椿芳对他的期望,没有忘记自己立下的诺言,果真一本接一本地翻译并出版了苏联的儿童文学名著。《列宁的故事》中文版一印再印,感动了一代中国儿童的心。此书封面上,是一幅褐色的铅笔素描,列宁正与两

个挎长枪的士兵交谈着。列宁慈祥的脸庞那么平静、自信。士兵们听得认真、专注。而在再版本中，封面换了，是从淡淡的蓝色为底色，一座巨大无比的雕塑上，列宁和他的战友们站在上面，指点革命方向；下面是工农队伍，簇拥着领袖们，去夺取更大的胜利。

动物们的《好医生》

在此书的版权页上，印有"中华版印3000"的字样，因手头没有这一版本，无法知晓中华书局出版此书的具体信息，据任溶溶传记中的大事记载，是1950年初版。我手头的版本，已是少年儿童出版社1954年6月4版。该社1953年3月重印中华版的，应该是新一版。到了第四次印刷，印数已是15060册了。有的出版社对版与次的区分，不那么严谨。版是指书籍的版本，第一版第一次印刷，可称初版本。在第一版第一次印刷完成后，对内容或版式及插图有新的修改，或换了出版社再行出版，用第二版或新一版来表述；而什么都没有修改过，只是在同一出版社一次又一次按原版印刷，就是第一版第二次印刷、第一版第三次印刷。上述的"1954年6月4版"，严格说应该是新一版（它前面有中华书局版）的第四次印刷。

好醫生

柯·楚科夫斯基著

少年兒童出版社

《好医生》 少年儿童出版社1954年6月版

费了如上口舌，只是因为现在一些出版社常常忽略版与次的问题。过了若干年后，再来看原出版物，已辨不清是初版还是再版。我看重版权页上的"版"与"印"的信息，可以考证出一本书的版本多少，印数多少。物以稀为贵，初版本且印量少的书籍，更值得我们珍爱。我写这些旧书，版权页上的信息，是重要的内容，也是重要的依据。

言归正传，还说《好医生》。此书由苏联作家柯·楚科夫斯基作，任溶溶根据苏联1948年的俄文版翻译出版。在封底的"内容提要"上写道：

"有一个好医生，心肠好得天下闻名。有一回，非洲许多野兽特地拍电报请他去医病。好医生在路上碰到许多危险，可是危险不能动摇他上非洲去的信心。一路上野兽都来帮他忙，鲸鱼背他过海，雄鹰背他过山，最后他到了目的地，医好了所有生病的野兽。这本书里的动物会说话，会唱歌，会跳舞，热闹极了。这是一本童话诗。"

全诗共九节，第一节写道："艾鲍里医生心肠好／坐在树底下把病瞧／跑来看病的有甲虫／有毛虫／有牛，有狼／还有老狗熊／一个跑来，就把一个医好／艾鲍里医生的心肠好极了！"最后写道："十个晚上／艾鲍里／不吃，不喝，不睡觉／十个晚上／他替一个一个苦恼的野兽细心治疗／一个一个去量热度表。"

动物世界与人的世界其实是一样的，都受到生老病死的威胁，也都有健康快乐生活的权利。所以，这首童话诗写了艾鲍

里这么好的一位兽医，他像给人治病那样，全身心投入到为野兽看病之中，受到动物们的称赞："光荣啊，艾鲍里！光荣啊，善良的医生。"

书中几乎每一页都配有钢笔画插图，画得惟妙惟肖、动感十足，会逗引小读者哈哈大笑。封面的中间，是一幅《喂鹿图》，艾鲍里医生手捧一只大木桶，正在给长颈鹿吃力而愉快地喂着食物。脚旁其他的动物如猫啊狗啊，还在嗷嗷待哺哪！

《好医生》的故事其实是楚科夫斯基受美国作家休·洛夫廷的《杜利特医生》启发写成的。2015年3月，浙江少年儿童出版社出版了任溶溶翻译的"杜利特医生故事全集"及《唉呀疼医生》（《好医生》为此书曾译名），感兴趣的小朋友可以找来对比着读一读。

《大刷大洗》
爱清洁

像《大刷大洗》这样的版式，时下已极少见了。右开式的竖排繁体字本，封面上的书名，也是从右朝左读过去的。上点年纪的老读者一看便知，这是沿袭民国时期的书籍装帧式样。后来，因为普及简化字，出版物逐步改为新式的横排简体字版式了。在任溶溶早期译著中，主要是时代出版社的出版物中，还能见到一些这样的版式。

此书由班台莱耶夫著，派霍莫夫插图，任溶溶翻译，时代出版社初版于1950年4月，印数4000册，同年9月再版，又印3000册。

这个故事很简单，说的是在苏联的一个家庭里，有姐妹两人，塔马罗奇卡和别洛奇卡。她们在父母外出后，尽兴地在家中玩耍，到父亲房间里拿墨水写字画画，却打翻一地。于是，

《大刷大洗》 时代出版社1950年4月版

她俩洗台布、擦地板,可她们什么也不会,打翻了洗衣盆,用手帕擦地板,结果会怎样?当然要受到妈妈的惩罚和教育。于是,妈妈和姐妹俩一起,在家中大刷大洗一番,然后奖励她们橘子。一对淘气的小姐妹,终于知道卫生对家里的重要了。

故事开头写道:"有一回,妈妈上菜市去买肉,两个小姑娘单独留在家里。妈妈临走的时候,吩咐她们乖乖地待着,什么东西也别动,不要玩火柴,不要爬上窗台,不要走到楼梯口,不要捉弄小猫。她答应给她们每人带一只橘子回来。"

可是,妈妈一离开家门,她们俩就自由了,写字画画不耐烦了,用铅笔和炭笔都不满意,就跑到爸爸的房间,拿了墨水来画画。就此开始闹出一连串的笑话,引出这出从不会打扫卫生,到十分爱清洁的故事来。

故事结尾写道:"妈妈说,慢着,也许我仍旧要罚的。不过小姑娘们看得出来,不会的,如果先前不罚,现在就不会罚了。小姑娘们抱住妈妈,紧紧地亲她,接着她们想了一下,挑了个顶大顶好的橘子给她。她们这是做对了。"

尽管故事简单,道理却很深刻。因为家庭卫生关乎每个人的健康安全。在浅显的文字和单纯的情节中,寓故事于教育之中。苏联的儿童文学作品,大多是这样一种较为传统的教育思想和方式。

作者班台莱耶夫,对中国少年读者来说,并不是一个陌生的名字。他1908年出生在圣彼得堡,父亲当过骑兵,退职后做木材

生意，死得很早。母亲读书很多，擅长音乐，使他受到潜移默化的影响。内战期间，母亲带着三个孩子到处流浪，班台莱耶夫进了教养流浪儿童的列宁格勒陀思妥耶夫斯基学校，在那里学习了三年。全班同学大多喜欢文学，他也受到感染。离校后，他到过很多地方，做过鞋匠、报童、饭馆里的童工、图书管理员等。他1925年开始写作短篇小说，1927年与毕理克合作，写成了《流浪儿共和国》，高尔基和马尔夏克很称赞这本小说，便协助他们出版了。1929年，班台莱耶夫发表了《表》，之后完成了自传小说《辽恩卡·班台莱耶夫》。卫国战争期间，作者在列宁格勒的部队里工作，写了许多战争题材小说。此外，他还创作了《调皮的卡尔鲁什金》《文件》《最卑鄙的人》《老实话》等。鲁迅在1935年翻译了他的《表》，说他原是流浪儿，后来受了教育，成为出色的作者，且是世界闻名的作者。他的作品特点是，深刻了解儿童心理，热情洋溢，故事情节富有戏剧性。他笔下的儿童形象，都很勇敢、聪慧，关心周围事物。作者文笔幽默，又带有抒情的调子，是苏联青少年最喜欢的作家之一，许多作品成为儿童文学的经典之作。他用精美的精神食粮，哺育了一代又一代少年儿童。

　　书中的插图，都是炭笔画的素描，有姐妹俩的，也有她们和妈妈在一起的，都是生动的人物画，笔法洗练、线条流畅，各人的形态逼真有趣。封面上画的也是炭笔画，妈妈一手各抱一个女儿，亲热无比，怜爱无间，真是一幅其乐融融的母女相亲相爱图。

猎人故事多

整天在森林里与动物打交道,猎人的故事真是多。

这本《猎人的故事》,我见到过两个版本。

第一个版本是北京的生活·读书·新知三联书店出的,1950年7月初版,印数5000册。同年9月第二次印刷,印数10000册。比安基著,任溶溶译,列为"新中国儿童文库"之中。而实际上,三联书店的不少出版物由上海分社出版和印刷,这本即是。

第二个版本是上海的少年儿童出版社出的,它的变化是,开本大小不同了,原本是正方形的,现在仿佛切去一条边,变成长方形的。封面也改换了,由原来的一格格装饰性画面,变为一幅动物嬉玩图。扉页上,多了一帧作者维·比安基的铜版画肖像。插图在原来的钢笔画中,增加了一种大画,即全页插

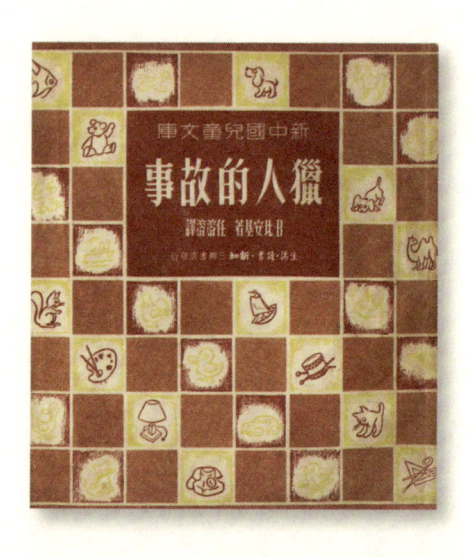

《猎人的故事》 生活·读书·新知三联书店 1950年7月版

图,是水粉画风格,同时增加了此书的插画者伊·利兹尼奇和伊·瓦斯聂卓夫,译文也做了不少修改。在版权页上,除了写明"三联版印15000册",还印上了"本社1955年9月新一版第一次印刷,印数4700册"。到了10月,这个版本又第二次印刷,印数为8720册。

少年儿童出版社的版本,还在版权页上增印了"内容提要":

"鹧鹧鸟的眼睛和嘴为什么是红的,它们为什么生孩子和过活都在水上?金花鼠的背上为什么有五条纹路?在森林里眼睛重要呢还是耳朵重要?松鸡冬天为什么睡在雪里?关于这些,西伯利亚的猎人们有他们自己的传说。苏联的著名作家维·比安基,经常住在森林里,和猎人们很熟。在这本小书里他写下了几个当地猎人讲的有趣故事。"

在"内容提要"下面,还有一段说明文字:"这个译本,原据英译本转译,后据俄文本重校过。这译本也曾用《猎人的故事》的书名在三联书店出版。"

这本书的目录上,共有五个故事,即"柳丽雅""金花鼠和狗熊""眼睛和耳朵""松鸡杰联季""水里的马儿"。第二个故事的译名,在三联书店的版本里,是"金花鼠库济雅尔和老熊伊诺依卡",其他四个都没变化。显然,改译后的题目简洁明了多了。

第一篇故事"柳丽雅"写道:"古时候完全没有陆地。有的呀,只是一片汪洋大海。所有的野兽和鸟儿都住在水上,在水

上养他们的孩子。这实在是不方便极了。有一回,四面八方的野兽和鸟儿聚集起来,开一个大会。他们选举了大鲸鱼做主席。接着,他们就开始考虑,有什么办法可以消除这个灾难。最后决定,到海底去挖出一撮泥土,拿来建造一些大海岛。"大家都不行,后来,鹬鹕鸟柳丽雅自告奋勇地说:"让我试试看,说不定,我潜得到海底。"在海底她用嘴挖泥,双眼累得红了,嘴上也长了红水泡。建造大海岛的土地都给其他野兽分掉了,她只能继续生活在水上。她的眼睛和嘴巴仍旧是红色的。

全篇用的都是拟人化的描写,故事虽短却情节曲折,出人意料。

第五篇故事"水里的马儿"开头写道:"有一天,在西伯利亚一条挺阔挺阔的河上,有一个老头儿在那里收渔网,渔网里都是鱼。他的孙子在一旁帮助他。"忽然,有一野兽游了过来,它比一匹马儿还要大,比一只熊还强壮。老头儿用绳子把它拴在船头,让它成为像马儿一样拉着他们走。其实,这是一头巨鹿,大家想着要杀死它,吃鹿肉。最后巨鹿挣脱绳子,船向石头撞去,船完了,鱼完了,巨鹿跑进森林里去了。这个故事寓意深刻,如何保护动物,是一个从小应懂得的大道理。

研究文学和出版史料,首先要依据版本,以实物为证。有时,在占有多种旧版本的情况下,初版本是更重要的依据。先师丁景唐曾主持新文学大系第二个十年的编辑工作,所有作品都专找初次发表或初版作品。这是母本不可替代的意义,由此才会生发出它以后的变化。这是史料考据和研究最基本的出发点。那时儿童读物的出版,有不同出版社的版本,而且版次多、印次多,要厘清楚,不但需要掌握尽可能多的版本,还需有一番细心和耐心。

《给孩子们》的诗

任溶溶先生曾经谈到:"我翻译外国儿童文学作品,虽然小说、童话、剧本等无所不译,但最感兴趣的是译儿童诗。这是因为儿童诗在儿童文学中占特殊的位置。不少外国儿童诗的确是好诗,很有借鉴作用,值得介绍。"

苏联作家马雅柯夫斯基的儿童诗,就是任溶溶关注和介绍的一个重点。20世纪50年代初,任溶溶翻译了五首马氏儿童诗,集为一册,书名就取《给孩子们》,1950年11月由时代出版社出版,首印4000册。

诗歌一般都比较短小,尤其是儿童诗。可这五首马氏儿童诗,却都是几十行不等的长诗。长诗也有长诗的好处,就是可以展开故事情节,可以有一些人物的出现,可以写得舒展些、从容些、有趣些。马氏的这些诗,就具有这些特点。

《给孩子们》 时代出版社1950年11月版

第一首《什么叫好，什么叫不好？》是儿子问爸爸的问题，爸爸回答道："假使大风刮掉屋顶／假使劈劈拍拍下冰雹／谁都知道这种事情／对于散步很不好。"不好的当然还有很多。好的哪，也有不少。比如："这一个／刷干净毡靴／自己洗套鞋／他年纪虽然小／可是十分好。"诗集中，还有动物诗《在每一页上，不是狮子就是象》，童话诗《火马》，讲述科普知识的《我这本小书哇，讲海洋和灯塔》。最后一首诗《大起来，做个什么》，是一首励志诗。开头写道："想我一年大一年／总有一年十七岁／上哪儿工作呢，那一天，干个什么行业才对？"在列举了许许多多的工作后，觉得应该从兴趣出发，选择适合自己的工作才是。诗的结尾处写道："这本书翻完了／你要记在心头／一切工作都好／就挑选哪一种配你胃口！"诗中没有说教，有的只是儿童的情趣和心态。

这本诗集的封面设计成大红色，醒目又喜气。中间是一幅铅笔儿童画，画面是三个小孩加一个布娃娃。说明这是一本给孩子们的诗。

最后，要说说写这些诗的原作者。

马雅柯夫斯基（1893—1930）是一位"苏维埃时代最优秀、最有才华的诗人"（斯大林语）。五四运动不久后的1922年6月，我国的《东方杂志》首先对马氏作过介绍，化鲁在《俄国的自由诗》一文中写道："俄国革命后，已产生了一群新诗人，最受俄国人崇敬的，便是梅耶谷夫斯基了。"茅盾在1922年10月出版的《小说月报》刊文《未来派文学之现势》中写道:"在诗方面是全靠了天才的玛以柯夫斯基。"瞿秋白先生1921年2月谈起第一次见到这位诗人时说:"前日,我由友人介绍,见将来派名诗家马霞夸夫斯基。"这里的诗人名字,以后都统一为"马雅柯夫斯基"。李一氓第一个将马氏诗歌翻译成中文,在1929年光华书局出版的《新俄诗选》中,选译马氏的《我们的进行曲》等三首。1937年,上海马达出版社出版了万湜思翻译的马氏诗集《呐喊》,这是第一本马氏作品的中文译本。他的最有名的创作——长诗《列宁》和《好》,都先后有了中文译本。

我国著名苏联文学研究专家、翻译家戈宝权先生曾在《马雅柯夫斯基和中国》一文中写道:"马雅柯夫斯基的儿童诗歌,也受到我国少年和儿童们的欢迎,如任溶溶把马雅柯夫斯基的儿童诗歌都翻译过来。1950年,时代出版社出版了《给孩子们》,1961年,上海的少年儿童出版社又出版了他译的《马雅柯夫斯基的儿童诗集》。"

也许,翻译马雅柯夫斯基等苏联儿童诗人的作品,令任溶溶对儿童诗的翻译有了不少感悟,他说:"译诗是吃力不讨好,因为诗的语言是极难用别的语言代替的。如何译诗,我主张就让各人用自以为是的办法去译,百花齐放,只要译出来是诗就好。"这道出了一个儿童诗翻译者的苦楚与经验。

2020年是马雅柯夫斯基辞世九十周年,他的确是值得我们纪念的一位伟大的革命诗人。

参观
《我们的工厂》

《我们的工厂》是苏联的两位作家施伐尔茨和弗烈兹的合著,中文版由时代出版社初版于1950年12月,印数5000册。之后,译者任溶溶对原译进行了较大的修改,并将主人公伐尼亚·索柯洛夫更准确地译为小伊凡,于1955年12月由少年儿童出版社出了新一版,首印数是11200册。新一版中,增加了译者写的《这本书讲些什么》的前言。文中讲到:

"大家在这本书里,可以认识一个苏联孩子小伊凡,听到大人给他讲的故事。

"大家可以听到,小伊凡的奶奶讲她小时候,活在沙皇时代的俄国多痛苦,工人的生命没保障,工人儿女享受不到童年的幸福。

"大家可以听到,小伊凡的爷爷和爸爸讲他们在内战时期、

《我们的工厂》 时代出版社1950年12月版

卫国战争时期，怎样拿起枪杆打击敌人，保卫了自己的苏维埃祖国，保卫了自己和儿孙的幸福。

"大家在这本书里，也可以跟小伊凡一块儿去上学，去玩，去参观工厂。

"大家可以看到，苏联工人在自己的工厂里，怎样用忘我的精神进行生产，学者到工厂来请教他们，请他们上首都去讲学。

"通过这一本小书，大家可以知道苏联人民怎样用自己的手争取到幸福，又过着怎样的幸福好日子。"

这篇短文，对读者理解书的内容提供了相当的便利，译文的修改，更增强了文句的准确性和可读性。但这里还是以初版来解读这本译著，更以初版中主人公的原名"伐尼亚"来称呼他，以保持出版史的原本面貌。

全书分七个章节，即"好消息""迷人的铺子""一路走到幼稚园去""问题和回答""幼稚园的小朋友出来游玩""星期五、星期六、星期日""节日"。看书名似乎比较严肃，好像是介绍工厂之类的内容，其实不然。看这些章节的目录，就已经显示出儿童的趣味。

这是一部苏联的儿童小说。小说开头写道："伐尼亚·索柯洛夫六岁了。他住在一个城里，这城就因为它的一家工厂出名，这是一座很大的工厂，它里面制造火车头。是谁制造这些火车头呢？是伐尼亚的爷爷、爸爸、妈妈，还有几千别的人。"这就交代了工厂的背景，并说明伐尼亚是在这样的环境中成长的。小说不但写了一座城市、一座工厂，更写了一群工人、一群城市建设者，以及在工厂、幼稚园里成长起来的新一代苏联接班人。小说以儿童伐尼亚的视角，写他与大人们进行的对话，以及听大人们讲述工厂的前世今生，用优秀的革命传统熏陶年轻一代。不但听大人说，他们还兴高采烈地参观了工厂。书中描写道："尼柯拉叶夫娜打电话来，说他们的整个幼稚园，今天也被请到工厂里去。伐尼亚听见这话，喊得更响，开心得像陀螺似的打转。"

苏联因受欧洲工业革命的影响，较早进入工业化时代。又受到马克思主义的影响，进入了无产阶级革命时代。以列宁为代表的俄罗斯共产党领导工人运动，推翻了旧沙皇制度，取得卫国战争等一系列重大革命战争的胜利，在第二次世界大战结束后，很快进入社会主义建设，他们的工业建设进入了世界先进行列。

中华人民共和国成立后，我国掀起了社会主义建设高潮，此时与苏联有过非常友好的一段"蜜月期"，一切都在向苏联"老大哥"学习，苏联的工业、农业、教育、科技、卫生、文艺等，都是中国学习的榜样。苏联还派出许多专家到中国，帮助中国尽快恢复经济，促进国家建设。同时，及时翻译出版更多苏联优秀的文学作品，也是中国翻译工作者的光荣职责。任溶溶的译著《我们的工厂》出版，让更多中国小读者了解苏联的城市和工厂，了解那里的儿童生活，从而激发起更为强烈的求知学习欲，为建设祖国打好扎实基础。

小说毕竟是艺术作品。《我们的工厂》不是工作报告，不是忆苦思甜式的回忆，它用的就是文学的手法，它的描写十分细腻有味，语言通晓而流畅。请看它的结尾："火车晚上到莫斯科。他们让伐尼亚坐在汽车司机旁边。他很想睡，可是他张大了眼睛望了又望，总看不够，他一句话也没有问，他要问的话实在太多了。伐尼亚很高兴，因为他看见了莫斯科和克里姆林宫。克里姆林宫的那些星星，在发黑的天空当中越照越亮，越照越亮。"

此书的封面设计也十分简洁明朗。封面中间是一幅大大的钢笔线描画，一看便知道，这是我们的工厂生产的火车及上班的工人。可惜的是，书中不少插图，原作可能都是彩色的水粉画，由于当时印刷条件的限制，以黑白画面印在新闻纸上，画面就模糊不清，效果亦不尽如人意了。

丁玲与
《一年级小学生》

《一年级小学生》原作者是叶·施瓦尔茨，任溶溶根据苏联苏俄国家儿童出版局1949年的俄文版翻译，由新华书店华东总分店出版于1951年1月初版，首印10000册。新儿童书店1951年5月出版新一版，印数5000册，同年9月出版新二版，印数3000册，这两家出版社共印18000册。中国青年出版社于1953年5月出了第一版，首印4000册。到1955年8月，少年儿童出版社又出新一版，到1956年1月第3次印刷，印数已达49220册。如果加上前面三家出版社的印数，那就是71220册了。

书前的版权页上，有"内容提要"写道：

"这是一篇电影小说，描写苏联一个一年级小学生马鲁霞怎样愉快地生活着，怎样飞快地进步着。故事从马鲁霞第一次走进学校开始，到她升二年级为止。在这一学年里，出现了很多

《一年级小学生》 新华书店华东总分店1951年1月版

有趣味、有意义的事情。这些事情，在我国小学生中间也同样会碰到的。这个故事告诉小朋友：苏联小学生怎样过集体生活，怎样听大人的话，怎样有礼貌，怎样帮助同学，怎样改正自己的缺点。它又启发小朋友：怎样开动脑筋，去思索所碰到的一切事物，辨别哪些是好的、对的，哪些是坏的、错的；同时，它还给大人很多的启示，教大人要怎样爱护孩子、对待孩子和教育孩子。"

这个提要虽然有点长，但却很通俗明白地说清楚了这本书的意义。

此书共有十三章节，第一章节是"马鲁霞怎样第一次走进学校"，开头写道："一座又干净又明亮、才漆好的大房子，在太阳底下发着光。门边有块小牌子，上面写着'斯大林区第一五六女子学校'，这就是主人公上学读书的小学校。"

最后一章节是"春天来了，它带给一年级学生什么东西"，开头写道："马鲁霞家院子里的花园。树上的叶子长出来了。花坛上的花开了。马鲁霞、奶奶和妈妈在厨房里整理家务。然后，马鲁霞、妈妈和爸爸上学校参加晚会去了。学校的大礼堂，过节似的，漂亮极了。幕拉开了，马鲁霞走到台上来。她给大家报告：'现在我们二年级的学生，出台了。'小姑娘们唱道：'这样，沿着快活的大道／排起了队伍／我们跟全班、全学校／还跟全国一起向前迈大步。'"

书中大多用电影镜头的形象描述，以及人物间的对白，来

突出主人公的事迹。毕竟是电影小说,有场面感,生动、鲜活,令人如临其境。

《一年级小学生》一出版,就得到了著名作家丁玲的关注。她阅读后情不自禁地提起笔来,写了一篇热情洋溢的读后感《介绍"一年级小学生"》,发表在1951年6月7日出版的《文汇报》上。丁玲说:

"最近我读了一本极有趣味的书,我觉得我整个都被吸引住了,我沉醉在里面了。我觉得我变小了,同马鲁霞小姑娘差不多大,我正和她们一起过着极其幸福、充满春天的朝气的生活,我的四周都是那么谐和,那么一尘不染。我读完了这本书,还舍不得放手,我从头到尾去想它,再去翻它。我只想告诉凡是我碰到的人,要他们也去读它。这本书使人爱读,就是它写的每件事都是孩子们日常生活里随时都可能发生的事,每件事都出现得那么新鲜那么自然,每件事又解决得那样好,那里边的人全那么和气、那么可亲、那么活得有目的。"

丁玲的这篇文章,在1953年中国青年出版社的版本及以后各个版本中,都被印在书前,如同这本书的前言,也是教读者如何读好这本书的一个导读指南。

一本外国儿童文学的翻译书,通过作家丁玲的介绍,自然产生更大的影响。说明这本书翻译出版得及时,正适合广大中国儿童阅读。

此书的封面上,是一幅小学生做作业的肖像照。她那么认真、执着,睁大的眼睛充满精神地在思考着,在头脑中想着完成作业的最好答案。

她,就是小说的主人公,一年级的小学生马鲁霞。

森林变成了城市

《树林里的城市》由鲍·叶密里亚诺夫著,任溶溶根据苏联1950年的俄文版译出,华东人民出版社(上海人民出版社前身)1951年2月初版,首印数为10000册。1953年3月,由刚在上海成立三个多月的少年儿童出版社出了新一版,首印数为3000册。

少年儿童出版社版的封底上,有一则"内容提要",上面写道:

"在苏联,有许多古老的大森林变成了新城市。古老的大森林怎么变成新城市呢?这是一件很有趣的事情。这本书里一个小朋友,跟爸爸一起到大森林里去,眼看工人们根据计划,移山倒海,几年之间把一个大森林变成了工业城市。"

全书分五个故事来讲,第一个故事"在新的家里",第二个

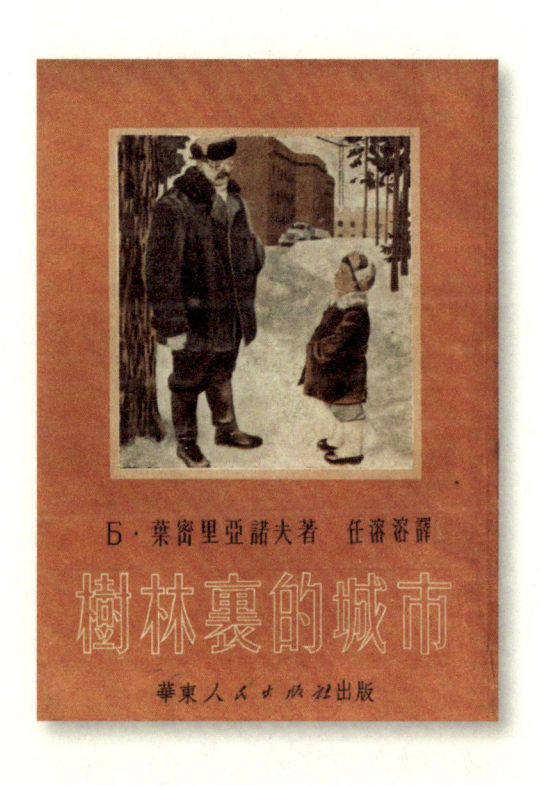

《树林里的城市》 华东人民出版社1951年2月版

故事"旅行家米嘉",第三个故事"工人宫的客人",第四个故事"大熊星",第五个故事"银马"。

第一个故事"在新的家里"是这样开头的:"在一个古老、浓密的树林里,住着狼、住着狐狸、住着兔子和熊。离开这个树林远远的,在莫斯科的操场街,住列诺奇卡和米嘉。妹妹列诺奇卡三岁,哥哥米嘉六岁。要不是有一天晚上出了一件事情,他们说不定现在还住在那里。那一天……"

故事就这样开场了。

最后一个故事是"银马",它这样写道:"这样,在我们苏联的土地上,又产生了一座城市。在大湖旁边,沿着宽阔的街道建筑了高大明亮的房屋。第一辆汽车从传送装置上下来了,我们四年缺两天就完成了五年计划。传来一下很长很好听的呜呜声,一辆黑色发亮的汽车增加了速度,顺着公路开出大门。车头上的银马好像在空气里飞。它们在阳光里闪闪发亮,再过几个钟头,它就要到莫斯科,在克里姆林宫门口呜呜叫起来,哨兵在它前面让开了路。"

苏联幅员辽阔,是世界上陆地面积最大的国家,即使在1991年苏联解体后,俄罗斯仍有约1710万平方公里之广,而森林占国土面积约三分之一。20世纪三四十年代正是苏联城市化建设的高潮。这部童话故事,讲的就是这一时期苏联工业化进程中快速发展的面貌。

两家出版社出版的不同版本,可开本、页数等均一样,连封面图也是一样的，只是更换了扉页和版权页。我估计，两种书用的是同一种纸型上机印刷的，这样符合多快好省的原则，可大大加快出版周期，为小读者提供更多的精神食粮。

此书的封面图和插图不知出自哪位苏联画家之手。看书中的画面，似乎原作的插图都是彩色的水粉画，富有生活气息。封面上，画的是主人公米嘉和他的爸爸，两人虽然站在雪地里，背景却是森林中的一幢幢高楼，他们饶有兴趣地在一问一答，谈论着从森林到城市的神奇变化，以及大人和孩子的幸福未来。

作者在中国的译本还有《幻想》(林野译)，以及拍成电影的《教育的诗篇》。

《进攻冬宫》那一刻

《进攻冬宫》是苏联作家勒·萨魏里叶夫著,格·菲京高夫插图,由华东人民出版社出版,1951年2月初版,印数10000册。这是任溶溶根据1949年的俄文版翻译过来的,在他翻译苏联革命传统的红色题材作品中,是较为重要的一种。

因为是专为儿童写作的故事读物,原作者在写的过程中,把内容分得较为具体细致,全书列有二十八个小章节,便于把事情的来龙去脉交代得更清晰明白。这也是儿童文学的一个显著特点。

第一节是"列宁的信",开头写道:"一九一七年七月七日,临时政府在开枪扫射武装示威的工人、兵士和水兵以后,又下了一道命令,要捉拿列宁。布尔什维克党很清楚,如果他们捉到列宁,当时就要把他就地杀死,泄他们的仇恨的。这一来,布尔什

《进攻冬宫》 华东人民出版社1951年2月版

维克党和全世界的劳动者,将要失掉自己的伟大领袖了。"

这故事的开始就已埋下悬念:列宁的生命危在旦夕。那时候,列宁躲藏了将近三个月,住在离腊兹里夫车站不远的一座草棚里。这节最后写道:"列宁写些什么呢,他跟斯大林商量些什么呢?列宁写武装起义的事情。列宁跟斯大林一块儿讨论工人和农民反抗资产阶级,反抗反革命的临时政府的起义计划。"后面许多章节,如"夜里的会议""出卖""捣乱印刷所""士官生搜查列宁"等,都是惊心动魄而险象环生。直到最后,才有"进攻"这一刻的到来。这一节是这样描写的:"彼得巴夫洛炮台一开炮打冬宫,广场上的赤卫队、水兵、士兵马上就开始向前推进,战斗于是更加激烈了。这是一场艰苦的战斗,一切都沉没在黑暗里,一切都融和起来,分不清房屋和人。"最后写道:"夜里一点钟,各总长被逮捕了,押到彼得巴夫洛炮台去。临时政府不再存在了。彼得格勒的武装起义胜利了。"

全书的最后一节,是"列宁的演说",开端就写:"十月二十六日晚上九点钟,大厅里挤满了工人、农民、兵士、水兵。讲台上站着列宁。"列宁说:"在人类整个历史上,工人和农民还是第一次把政权握在自己手里,现在他们必须改造国内的一切,把社会主义秩序引到国家里面去。""这样,在十月社会主义革命的火焰里,诞生了一个苏维埃政权——劳动者的政权,诞生了世界上第一个工农政府。"

这本书写的就是著名的十月革命。这是对全世界都产生重大影响的一次革命事件。正如毛泽东所说："十月革命一声炮响，给我们送来了马克思列宁主义。"

之后，中国最早的一批马克思主义者如陈独秀、李大钊等，开始借鉴苏联的经验，走苏联的道路，并于1921年在上海成立了中国共产党。中国的革命历史，从此翻开了崭新的一页。我们把马列主义与中国革命的实际情况相结合，经过近三十年艰苦卓绝的奋斗，建立了社会主义新中国。因此，十月革命对中国革命的影响是深刻而伟大的。

《进攻冬宫》一书当年二月由任溶溶翻译出版后，过了三个月，就由新儿童书店再版印刷，印数13000册。在封二上，有一个简要的"版本说明"："本书原由华东人民出版社出版，于一九五一年五月移交本店继续出版，新一版系移交本店后所出之第一版，请读者注意。新儿童书店启。"这"新一版"，仍沿用原来初版本的装帧及封面设计。少年儿童出版社于1953年8月，以新儿童书店的版本为蓝本，又出了"新一版"，在版权页上增加了"内容提要"："十月革命是历史上最伟大的一次革命。大家一定都想知道，这个革命的经过情形是怎样的。这本书就回答大家的这一个问题，它简单明了地写出列宁同志怎样英明地领导这次伟大革命，获得胜利，世界上第一个社会主义国家是怎样产生的。"它的封面图也改换了，虽然都是进攻冬宫的场景，但前一版封面是深灰色的，后一版封面是橘红色的，场面更加壮阔了。到1961年11月，少儿版第十次印刷，累计印数已达77600册。作为一本"红色读物",这样大的发行量,极大地传播了革命的正能量。

今天看来,历史的硝烟已然淡去。但当年苏联在对下一代进行革命传统的宣传教育方面,也是有良好传统的,出版了许多优秀少年儿童读物。在倡导"不忘初心"的当下,重温苏联十月革命的历史,包括重温中国革命的历史,都不失为一种有益的革命传统教育。

又一个《大晴天》

这本书与《猎人的故事》是一个系列,即"新中国儿童文库"之一。从封面设计上也可看出,除书名和底色外,图案是一样的,书的开本也是一样的。此书由生活·读书·新知三联书店出版,1951年4月第一版,在上海首印10000册。此书的原著由苏联作家勒·伏隆柯娃著,恩·克诺陵格绘制插画,任溶溶根据苏联儿童书籍出版局1948年的俄文版翻译。1954年9月,任溶溶又依据苏联1953年的俄文版进行改译,由少年儿童出版社印出新一版,首印数为6040册。这一版本中,任溶溶在书的前面增加了《译者的话》,文章不长,照录如下:

"苏联女作家勒·伏隆柯娃写了四本小说,都是用一个乡下小姑娘塔尼雅做主角的。这四本小说就是《大晴天》《下雪了》《到海边去》(原名《金钥匙》)《上学去》。这四本小说可以分

《大晴天》 生活·读书·新知三联书店1951年4月版

《大晴天》 少年儿童出版社1954年9月版

开念,因为它们一本一本是各自独立的,也可以合起来看,因为从第一本到第四本,正好讲一年半的事情,在第一本《大晴天》里,塔尼雅还小,到了第四本《上学去》里,她已经大起来去上学了。我曾经根据一九四八年版的原文译过《大晴天》,一九五一年在三联书店出版。后来作者把原书作了相当重要的修改。我现在这个译本,是根据一九五三年版改译的。"

任溶溶在这里也把译本的变化说明白了。

此书封底的"内容提要"写道:

"这本书,写苏联一个乡下小姑娘一天的生活。这个小姑娘,是普普通通的小姑娘。这一天,是普普通通的一天。可是在一天里,这小姑娘又玩洋娃娃,又游泳,又坐割草车,又帮大人做重要的小事情,快下雨就去收拾干草,妈妈挤牛奶就给她打灯,等等。可是更重要的,是她明白了好些道理,比如,妈妈的工作队跟别的工作队竞赛耙干草,妈妈的工作队先耙好了,这小姑娘以为妈妈可以去玩了,可是妈妈又帮助人家耙草去了,因为大家的事情,就该争取早点做好。"

全书的"目次"上,共分十八章节(少儿版的只有十七章节,少了第七章节"舔人精"),第一章节是"一只淘气的母鸡"(少儿版的已改译为"淘气的母鸡"),开头说:"塔尼雅在一顶白色的粗布帐子下面睡觉。早晨,有一只公鸡飞到阴沉沉的小窗子上,突然喔喔喔地叫了起来!"由此开始引出了故事。

书最后的第十八章节,是"雪球讲话"(少儿版的已改译为

"小雪球说话了"），结尾处写道："妈妈走出门口，想叫塔尼雅吃晚饭。'瞧，'她说，'我们的塔尼雅，原来已经跟雪球（狗）一块儿睡着啦！'于是她抱起了塔尼雅，给她脱掉衣服，放在床上，然后放下了帐子。他们在香甜的睡梦里，会梦见明天，会迎来又一个'大晴天'。"

20世纪50年代中期，我国还出版了该作者《阿尔泰的故事》（林耘译）、《大城村》（孙梁译）这两本书的中文译本。

三联书店的版本与少年儿童出版社的版本相比各有千秋。三联书店的版本开本稍大，看上去气派就大些；少儿版的插图印刷较为清晰，画面也放大了，前面增加了《译者的话》，封底增加了"内容提要"。更为重要的是，少儿版的译文经过译者按照原作者的修改本，进行了精心改译，更趋完善了。任溶溶往往周到如此，只要能找到新的原版本，他都会尽快投入第二次的翻译中，力求译本更加准确，更臻完善。

全书用的插图是逼真、生动的铜版画。封面上，如同九宫格，将各种憨态可掬的动物速写画交替着放入方格中，展现出很有装饰性、趣味性的童话效果。

《老太婆的烦恼》消除啦！

1951年5月，中华书局出版过一套丛刊，名叫"苏联儿童文学丛刊"，主编是我国儿童文学作家陈伯吹。我见到任溶溶有两本译著被选入丛刊，这本《老太婆的烦恼》就是其中之一，封面标示第23种。该书原作者是苏联儿童诗人柯·楚科夫斯基，他写的当然就是儿童诗了。

这是一首不算太长的童话诗，诗中的内容写的是：有一个老太婆，因为她不爱清洁，弄得所有的用具都厌恶她，而径自离开她，走到屋子外面去玩了。后来，老太婆觉悟了，改掉了她原来不爱清洁的坏习惯，这时，用具们也随之懊悔起来，觉得自己不应该离开她。最后，它们终于都回到老太婆家里来了。

诗的开头写的就是用具们各自离家出走："筛子顺着田野跳／木槽沿着草地跑／铲子后面是扫帚／扫帚傍着街道走。"大

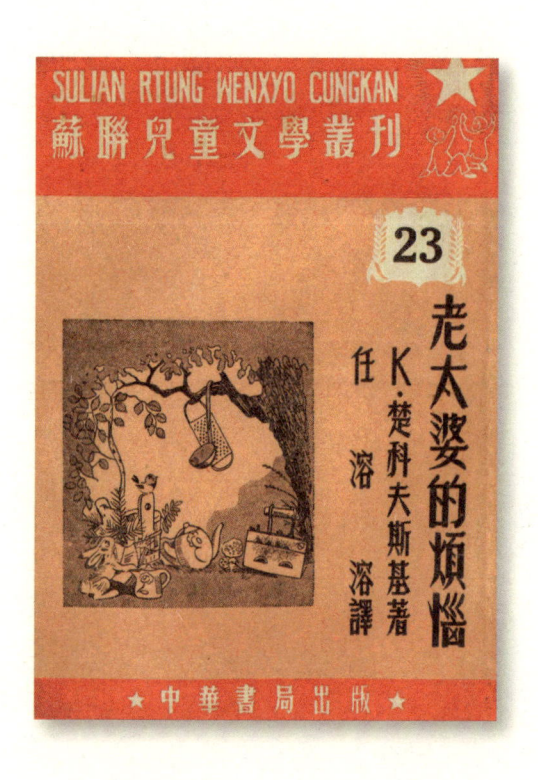

《老太婆的烦恼》 中华书局1951年5月版

家都不爱这个不讲清洁的老太婆费多拉的家。老太婆觉悟后说:"我再也不会/把这些餐具弄脏/我要永远永远/对餐具尊重和珍爱。"

主编这套丛刊的陈伯吹写有一篇《写在前面》的短文,他说:"在苏联的儿童文学的园子里,真是奇花异草,一片灿烂美丽的景象。说到儿童诗,孩子们谁都喜欢阅读朗诵的,可是儿童诗也真不容易写,这在苏联也有丰饶的收获,除马尔沙克(又译马尔夏克)以外,就要数到楚科夫斯基了。虽然苏联著名的诗人马雅柯夫斯基也给儿童写过诗,但是毕竟不多。本书《老太婆的烦恼》,是一首饶有风趣的教育的童话诗。画家梭杰耶夫再度为楚科夫斯基的童话诗插画,生动、活泼、富有想象,他们的合作,等于红花绿叶一般的美满。是孩子们精神上精美的粮食,多么好的一件喜事啊!本书译者,用明白浅显的口语翻译,可说是一本有图有诗的朗诵本。"

陈伯吹近七十年前的这一句"用明白浅显的口语翻译",可谓一语中的,道出了任溶溶翻译外国儿童诗的特点。因为明白浅显,所以可让孩子们都能读懂,都能理解;因为口语,符合当代人的阅读习惯,更能让孩子们朗朗上口,印入脑海。此书几乎每一页都有插图,有的是全插页,真是一本如同连环画那样的图画书。(2015年,浙少版《唉呀疼医生》收录了《脏老太婆的烦恼》一文。)

任溶溶曾在纪念陈伯吹先生诞生一百周年时,写过《伯吹

先生的言传身教》一文，其中写道："回想解放前夕，我二十几岁开始从事儿童文学工作，有幸认识了陈伯吹先生，后来就一直得到他老人家的栽培和爱护。只要我有一点点成绩，他就会用明亮的、带笑意的眼睛看着我，亲切地鼓励我。我深深感到，他爱护我不仅是对我个人，而是希望年轻人有出息，为儿童文学事业做更多的工作。"任溶溶的儿童诗翻译，能被选入陈伯吹主编的丛刊中，也是受陈伯吹关爱的内容之一吧。

据说，在解放初期的上海，陈伯吹曾有意请任溶溶到中华书局就职，因为任溶溶忙于自己的翻译，就没有进中华书局。当然，两人后来还是有了共事的机缘。几年后，陈伯吹到少年儿童出版社做了副社长，任溶溶也调入该社任译文科长，成了上下级的同事。一直到"文革"结束，两人都成了我国儿童文学花圃中的杰出园丁。

她
《在蓝色大海的边上》

《在蓝色大海的边上》的原作者是苏联作家姆·鲍耳欣卓夫。这是一部童话故事,共分十三章节,如"冬天里有一回""新船""必须修理的轮船"等。故事讲的是主人公小阿廖娜住在温暖的地方,住在一个蓝色大海的边上,她从小向往大海,盼望爸爸尽快修好"勇敢号"轮船,可以带船员们和她一起出海。她看着爸爸和船员们是如何修好轮船的,并在一个春天里,大家如愿地向大海进发了:"五月一号早晨,当乐队在堤岸上奏起了音乐,人山人海,兴高采烈的游行队伍,那些旗子和标语闪耀起来的时候,勇敢号轮船用自己有力的胸口切开了海湾蓝色的水,庄严地开到大海里去。阿廖娜站在爸爸身边,用小手绢向开到蓝色远方去的勇敢号轮船扬了又扬,扬了好久。"

当我看到这本《在蓝色大海的边上》封面下端有"万叶书

《在蓝色大海的边上》 万叶书店1951年10月版

店刊"这一行字时,我就乐了,就知道这书一定会非常好看。在过往的淘书经历中,凡是见到万叶书店的出版物,我一概立马拿下不还价的。

有人会问我,何以对万叶书店这样钟情?我说,这是一位懂音乐、善文学、会书画篆刻的书籍装帧家办的出版社,他的名字就叫"钱君匋"。

虽然这本书的译者任溶溶难得在万叶书店出版译著,但他与钱君匋却有着深厚的友情。

早在1946年以前,两人就认识了。那时任溶溶翻译了平生第一篇外国儿童小说《黏土做的炸肉片》,原著为土耳其作家所写,是从苏联出版的英文杂志《国际文学》上转译过来的。任溶溶的好友倪海曙知道后,就把译文拿去交给了好友孔另镜先生。当时孔另镜正在主编《新文学》刊物,就在创刊号上登出了任溶溶的译稿。而刊物的美编正是钱君匋先生。钱君匋把任溶溶不长的译稿巧妙地排在其他长文章的中间,排得非常醒目、得体且美观。时过几十年,任溶溶都没有忘记当时第一次拿到刊登自己处女译作的这本杂志时的喜悦心情,没有忘记钱君匋先生的良苦用心。

《在蓝色大海的边上》是万叶书店出版的"儿童教育故事丛书"中的一种,丛书主编叫仇标,此书在最后的广告页上,印有"万叶书店印行儿童读物"(1)(2),共列出十二种译作,其中八种为仇标本人所译,如《从顿河来的朋友》《秘密的军事报

告》《没有火的光》等，可见这是一位非常勤奋的翻译家。现在已很少有人知道仇标的名字了。他原名叫仇绍标，生于1919年6月，江苏海门人，上海辅仁中学毕业后，考入邮政局，又在光华大学经济系半工半读。后来，他考进上海俄文学校（上海外国语大学前身），并加入翻译家协会，参加"苏联儿童文学丛刊"的编辑工作，这套丛刊后来由包蕾主持的儿童书店陆续出版。之后，他一直在文化出版社从事俄文编辑工作，反右运动中被错划右派，发配宁夏。新时期落实政策，他又被聘为上海文史研究馆馆员。无论他在世与否，我都应该给他点个赞。

此书中文版在1951年10月1日初版，印数3000册。版权页上印有"出版者万叶书店，代表人钱君匋"的字样，可见这是一家私营出版机构。这家书店诞生于抗战中的1938年，店址在上海海宁路上的咸宁里十一号。音乐和儿童课本是它的出版特色，早期出版过《小学活叶歌曲选》《小学音乐教学法》等，后又创办杂志《文艺新潮》。中华人民共和国成立后，与教育书店、上海音乐出版社合并为新音乐出版社（北京人民音乐出版社前身）。他们重视音乐的普及，也重视儿童读物的传播，这套"儿童教育故事丛书"就是万叶书店出版儿童读物的突出成就。

此书的封面是一幅钢笔淡彩画，小阿廖娜搀着爸爸的手，走在大海边上，圆圆的小脸庞上，洋溢着欢乐的笑容。书内几乎每页都有插图，大大小小装饰其间，疏朗而又美观。唯一不足的是，这些原版的插图，没能印成彩色的，否则真是完美无缺了。

《我的会演戏的鸟兽》戏好看

《我的会演戏的鸟兽》由时代出版社出版，1951年10月上海初版，首印6000册。1954年6月再版，印2000册。不过，这一年，时代出版社已迁往北京，再版的地址也改印为北京东四钱粮胡同十四号了。

这是一部真正的自传。作者杜罗夫，全名是弗拉基米尔·杜罗夫，出生于1863年，他从小酷爱马戏表演，十多岁时就放弃学业，进入马戏班当了一名小丑，而后成为俄罗斯家喻户晓的马戏大家。他在莫斯科建造了一个著名的动物园和马戏院，被称为"杜罗夫角"。此书由腊乔夫插图，画的大多是马戏团动物的表演画面。

开头的第一章"杜罗夫角"这样写道："莫斯科有许多各种各样的戏院。可是最奇怪的戏院——恐怕要算杜罗夫街上的一

《我的会演戏的鸟兽》 时代出版社1951年10月版

家了。"这是一家怎样的戏院呢？这里的一切东西都和真的戏院一样，可是出场的不是人，却是鸟兽。

全书从头到尾贯穿着动物的各种表演，如小狗做算术呀，小猪拉板车呀，还有海狮抛球、仙鹤跳舞等。这么有趣的动物表演，到底是怎样被训练出来的呢？这本书就告诉了小朋友们这一切。书里，杜罗夫讲述了如何寻找适合马戏表演的小动物们，以及如何训练它们成为马戏表演明星的故事。

该书的彩色封面上，是动物表演的组合，有鸟拉车、狗变魔术、海豹顶鱼等，一派热闹景象。书里的插图，也是大象呀，蝙蝠呀，狗熊呀，在表演的画面。真是应有尽有，全然一个动物的欢乐世界。

还得说说作者杜罗夫和他的"杜罗夫角"。作为一名驯兽师，他也是一名动物保护主义者，是历史上第一个不采用任何暴力手段，不使用折磨或制伏动物的方法来训练它们的人。他热爱动物胜过热爱自己。他耐心地跟它们交朋友，耐心地训练它们。他不但是一位驯兽师，还是一位科学家，他研究动物心理学，并执笔写作，总结自己的经验。他的这本书还得到了1904年诺贝尔奖得主巴甫洛夫的称赞，说他发现了训练动物的正确方法。杜罗夫由此成了人道驯兽的"杜罗夫派"创始人。

在他的书中，第一章就是"杜罗夫角"，因为他的动物越来越多，事业越来越大，需要有更大的空间来完成他的动物训练。1912年，他的愿望终于得以实现。他在莫斯科的一条大街上，

找到一幢又大又漂亮的大厦，让动物们都住了进去，在那里舒舒服服地生活并训练演出。他把这个房子取名叫"杜罗夫角"。后来，政府为了表彰他的成功事业，把"杜罗夫角"所处的这条街也命名为"杜罗夫街"。

杜罗夫于1934年去世，他的"杜罗夫角"就一直由他的女儿安娜·杜罗夫及孙女经营。她们两人继承了杜罗夫"寓教于笑"的理念，让小朋友们在这里接受爱的教育，爱动物，爱人类。如今，"杜罗夫角"大厦已经翻修一新，成了一座高大的现代化建筑，迎来世界各地的儿童。动物们如今不但演马戏，还表演好看的童话剧。这个动物剧院上演各种关于动物的戏，极受小朋友们喜爱，是莫斯科最受欢迎的大剧院之一，是一个儿童大乐园。

2009年，此书被列入任溶溶经典译丛系列，由浙江少年儿童出版社出版，改书名为《我的马戏明星》，任溶溶在书前写有《译者的话》，他在结尾中写道："近几十年来，我国的马戏事业越来越兴旺，如今我们还有了马戏城。大家爱看马戏，一定很想知道马戏幕后的有趣故事，那么，这位俄罗斯马戏大师杜罗夫老爷爷写下的这本书，这本讲他如何充满爱心地训练动物表演的书，我想大家一定会想看看。"

那就去找来这本书，仔细看看吧。

丑陋的《白天使》

《白天使》是一出独幕剧的剧本。原作者为尤·尼库林，原作名为《私刑》，任溶溶根据原作改为此名。此书由新少年报社出版，列为"抗美援朝小丛书"之一。可惜缺了版权页，无法知道出版年月、当年印数等。据《任溶溶评传》记载，此书出版于1951年，任溶溶后来作了改译，由少年儿童出版社于1954年2月重印，作为该社的第一版，印数为3540册。书后封底上，有"内容提要"：

"这是一个适合学校演出的独幕剧。一个被白种人特务们追捕的黑人孩子，逃到他母亲做过奶妈的大阔佬家里去，想偷偷地打电话求救。正在他打电话的时候，被大阔佬的女儿撞见了。这姑娘不念黑人孩子救过她的命，不念黑人孩子被追捕是无辜的，不念特务们捉到这孩子要把他吊死的，却为了自己的利益，

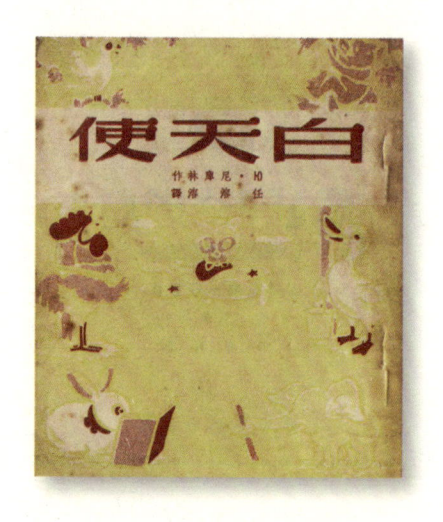

《白天使》 新少年报社1951年版

《白天使》 少年儿童出版社1954年2月版

一定要把他交给特务,甚至于想打死他。可是黑人孩子很机警,最后终于逃走了。"

这出独幕剧只有两个人物,一个是汤姆·勃列克西,十五岁的黑人少年;一个是安琪拉·华生,参议员华生的女儿,与汤姆同年。大幕拉开,剧本首先交代了相关背景:

"在美国南部的一个州,参议员华生的郊外房子里,安琪拉的房间。房间里有一张桌子。桌子上有一架电话。汤姆跑进房间,上气不接下气,东张西望的。他扑到电话机旁,拨号码。"

故事由此展开。结尾是:"汤姆:'你,白天使,有一天你和所有像你那样的人,都要受审判的。可不是用私刑,却是像苏联那种公正的法庭。你们吊死不了我们啦。我们逃走了!我们将要自由!'(他手里拿着手枪,跳到窗子外面去。幕落下来。)"

剧名《白天使》,我以为起得很好,很有反讽意味。十五岁的妙龄少女,应该就是天使。可是,她在那种环境下长大,她的心灵受到了腐蚀,她的灵魂丑陋了,一种难以挽救的堕落,使她整个失去了人性。这样,她必然会受到法律的惩处。

苏联的儿童文学作品,大多是扬美善、鞭丑恶,有歌颂人性和正义的力量。这样的文学作品,也值得中国小朋友读者通过阅读,能得到良好的思想道德教育。

少年儿童出版社成立于1952年12月,它是由新儿童书店加上商务、中华、大东三家书局的儿童编辑部门合并而成。这一年,任溶溶调到该出版社,先后任译文科科长、编辑部副主任,

相当于副总编辑。他原先出版的不少外国儿童文学译著,大多由这家出版社出了新一版,不少书又再版再印,印数超多。其出版的书,有两个显著变化:

一是每本新版的书,在出版前,都由译者任溶溶重新校译修改过。我对照过前后不同的出版社版本,译文上都有不同程度的改动,从而更完善、更适合儿童阅读。可见任溶溶对自己的早期译作,总是精益求精,绝不马虎。

二是在新版的书籍封底,总会增加一段"内容提要"的文字,无论长短,都给读者的阅读带来了不少便利。这是一种导读,过去不重视,往往书中没有序言、后记之类的文字,也没有内容提要。这难以让小读者很快抓住一本书的要领,或者难以概括一本书的内容。所以,少儿社的做法,值得称赞和倡导。

从南朝鲜到北朝鲜

这是一本任溶溶早期的译著。书中讲的是在1948年底,在美帝国主义统治下的南朝鲜,有一个在酒店当杂差的孩子,因受不了老板和美国人的虐待,逃回家乡去了。家乡的农民因为反抗地主的残酷剥削,不少人被捉去,整个村庄被烧掉了,许多农民组织了游击队。这孩子经历许多危险,逃到人民当家的北朝鲜,过着幸福的生活。他还帮助捉特务,因此,还见到了朝鲜人民领袖金日成将军。金日成将军亲切地告诉他:"要爱自己的祖国。"

此书最早由新儿童书店初版,印数10000册。1953年3月,由少年儿童出版社印了新一版,到1955年5月第六次印刷,印数已达24080册,如加上新儿童版的印数,累计达到34080册。

此书是两位苏联作家的作品,一位叫格·柯马罗夫斯基,另一位叫尼·柯马罗夫斯基,听起来好像是父子俩或兄弟俩,

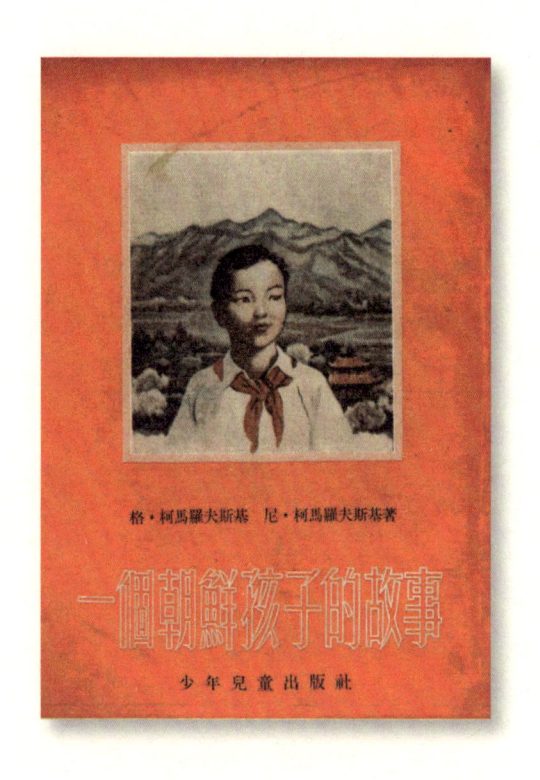

《一个朝鲜孩子的故事》 少年儿童出版社1953年3月版

译者任溶溶。全书六万多字，分十三个章节，如"天亮前的风""云里的水车""板墙上的缝""闪光"等，在第一章节中，主人公的出场是这样描写的：

"一个穿白色短上衣的孩子打屋子里到外面院子来，伸出的手上抱着一堆各式各样的鞋子。他一面用下巴顶住这些不方便的东西，一面举高了脚，免得绊到石头上去，这样他一直走到一棵桑树前面来。皮鞋、短靴、刷子、天鹅绒的破布片，啪哒一下，全丢在褐色的短草上。洋铁鞋油盒叮叮咚咚地四面滚开。他在快乐的鹭鸶旅馆里已经过了十七个月，早就习惯了这种事情，人家不叫他的名字'李开苏'，却叫那叫狗的名字'仆欧'的时候，就该答应。"

这样开头的描写，可以看出，这个孩子那么辛苦，还不如一条狗。

李开苏的结局如何呢？最后一个章节自然有了答案。这一节为"要爱自己的祖国"。开头写道：

"早上七点钟，开苏穿着短袜子，竖起脚尖在房间里走。他没有穿鞋子。他的鞋子要发出神气活现、无可比拟、令人快活的轧轧声，可是在这个太早的的时间，比较起来是太响了一些。开苏舍不得吵醒尼柯拉叶夫少尉。今天朝鲜人民热烈欢送苏联军队的战士，这些战士解放了北朝鲜，而现在要离开它了。当广场沉静下去，当乐队钢乐器那响雷的声音，听起来好像催眠曲一样的时候，开苏把头靠在旁边那人的肩膀上，在那里想：

清凉谷要怎样建设起来,它有许多新花园要开花。他跟北昌、奶奶和爸爸将要坐在新房子的门坎上,望着傍晚暗下去的云,纪念那苏联军官尼柯叶夫和'轻雷'医生。"

是的,朝鲜和苏联是邻国。在列宁和斯大林的帮助下,朝鲜人民得到了解放。李开苏从苦难的南朝鲜,来到获得新生的幸福的北朝鲜,得到了苏联军官的很多关爱和帮助。

这就是这个孩子从南朝鲜到北朝鲜的故事。

最后,要说说南朝鲜和北朝鲜的概念。这可是个年代悠久的历史事件。

简单来说,南朝鲜和北朝鲜,现在称为"韩国"和"朝鲜",统称"朝鲜半岛"。在古代,朝鲜半岛与华夏中原政权、北方民族以及日本列岛等有过频繁的冲突和交流。1910年至1945年,半岛处于日本的殖民统治下。二战后日本成了战败国,半岛获得独立,并以北纬38度军事分界线为界,分为南北两部分,于1948年分别成立了大韩民国和朝鲜民主主义人民共和国。1950年朝鲜战争爆发,美国借联合国名义,组织"联合国军"正式参战,战火一度燃至鸭绿江一带,严重威胁中国的安全。中国人民为抗美援朝,保家卫国,组成中国人民志愿军"雄赳赳,气昂昂,跨过鸭绿江",赴朝参战。1953年5月,中、朝军队发动夏季攻势,取得胜利,迫使美国于同年7月在板门店签订《朝鲜停战协定》。

看六十多年前的译著,可以重温历史。

起初看书名，看作者名，我有点纳闷，心想，朝鲜儿童的故事，为啥由两位苏联作家来写？看了作品，才恍然大悟，原来书中描述的内容，与苏联军官有关哪！因为他们与故事主人公李开苏小朋友结下了深厚的友谊哪！

可恶的《雪女王》

这是任溶溶翻译的一出三幕童话剧。原作者是苏联作家叶·施瓦尔茨,北京的青年出版社作为"少年读物",初版于1952年5月,第一次印数5000册。后来青年出版社与开明书店联合组建成中国青年出版社,并于1954年8月第二次印刷该书,封面上改为中国青年出版社,删去了"少年读物"四个字,印数是2500册。两次总计印了7500册。少年儿童出版社于1955年9月出版了新一版,第一次印数为4150册。装帧者为马如瑾,封面图一直保留原画。这样,三家出版社累计印数为11650册。这只是我看到的版本及印数,以后此书如有重版重印的,印数是只增不减的。

《雪女王》的故事内容是:凯依和盖尔达是两个好孩子,他们跟着奶奶一起生活。有一天,雪女王把凯依的心冻成了一块

《雪女王》 青年出版社1952年5月版

冰，于是他就变成了一个没有感情的孩子。后来，雪女王又把他抢走了。盖尔达为了找回失踪的凯依，就离开了家，她在路上遇到了许多困难，但凭着勇敢和一颗火热的心，并且得到讲故事的人和鹿的帮助，终于克服了困难，找到了凯依。她用自己的热情，化开了凯依被冰冻的心，使凯依又变成一个可爱的孩子，回到了奶奶的身边。而雪女王则让人觉得可恶至极，受到了应有的道德谴责和法律的惩处。

剧本主要是用来演出的，是通过搬上舞台与观众面对面地进行互动和交流的。但是，好的剧本，印成书出版，同样可以通过文字的阅读，了解剧中的内容，收到与剧场内相同的思想和美育教育的效果。所以，原作者、译者和出版社，都担负起了这一重要的使命，使剧本编印成书发行，做到上演与阅读两不误哪。

在书的最后，附有一篇《给〈雪女王〉导演的话》的长文，作者是莫斯科国立叶尔莫洛娃戏院的导演勃·阿夫腊萧夫。文中说："《雪女王》这剧本，由儿童们自己在学校的舞台上上演，初看也许好像很复杂。我得说，这一切都不像想来那么难。希望这篇给导演的话，能够帮助这个剧本的上演。《雪女王》是根据安徒生有名的童话改编的。安徒生说过：童话里面，主要的不是文字，而是中心思想。《雪女王》这剧本的中心思想是什么呢？这故事讲儿童们火热的心，讲由于友谊、真心和爱所得到的成功。这剧本写光明和黑暗、善和恶、正义和不公平之间的斗争。它告诉人，如果前面有一个崇高的目的，我们就要克服各种困难，不要在危险前面低头。火热的心是不会被战胜的。这个思想，在讲故事的人最后的话里完全指出来了。把这剧本的内容，把它里面所包含的思想传达给观众，这是导演和所有演员的主要任务。"

接着，文章说到剧中的故事人："他是个很重要的角色，应该由年纪大的儿童或者共青团团员来扮演。他的任务是繁重的，他应该使台上台下打成一片。整个戏实际上就是他讲的故事，他对孩子讲起故事来，不应该死背书，应该讲得生动、清楚、迷人、兴奋，仿佛他是把故事现编起来的。"

最后，讲到如何扮演凯依、盖尔达、雪女王等角色，以及服装、道具和布景的设计，文章说："只要发挥儿童们丰富的想象，它们大多可以自己做，以真正自己活动为原则。"这个导演，非常强调儿童的主观能动性，倡导让儿童自己来演自己的戏，独立做自己的事。

这真是一篇难得的附文，它为更好地导演好这部《雪女王》的儿童剧，提供了独到的思想和做法。我想，如果每一部儿童剧，在剧本的最后，都有这样一篇《给导演的话》的文章，那该有多好啊。它可以为儿童剧的演出提供必要的帮助，指明正确的方向。

可爱的"小兔子"

我的女儿属兔,我对兔子就格外喜欢。小时候每年正月十五过元宵节,我就会给她到附近的城隍庙老街去买小兔灯笼。因此,当阅读到《神气活现的小兔子》时,真让我这个大人也不肯放下书本哪。

这是一篇童话剧,由青年出版社1952年5月初版,印数8000册。定价旧币3000元,相当于后来的三角钱。此书是任溶溶根据苏联青年近卫军出版局1951年6月出版的《发明家》杂志译出,原作者是谢·米海尔柯夫(现译为谢尔盖·米哈尔科夫),作曲者叫尤·比柳柯夫,插图者是符·特罗菲莫夫。

这篇儿童剧的内容是,一只名叫"小神气"的兔子,他在高兴时,把从前帮助他、救护他的朋友忘得干干净净。有一次,"小神气"又因为对敌人放松了警惕,几乎丧命,幸亏朋友们及

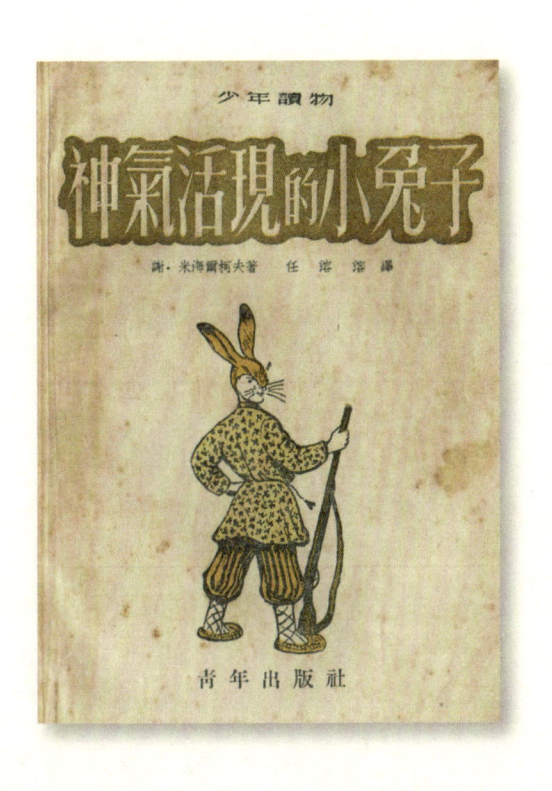

《神气活现的小兔子》 青年出版社1952年5月版

时赶来救他出险。朋友们对他这样的不忘旧恶，使"小神气"觉悟过来，认识了自己的过错，而表示悔改。

这篇剧作的主题很鲜明，就是教育儿童要团结友爱，重视集体的利益，反对自私自利和自高自大，要儿童认识到个人利益高于一切的危险性。书的介绍中说："这篇童话剧的故事性很强，人物有典型性，台词也很儿童化，适合儿童演出。"

因为是可以搬上舞台的童话剧，剧作后面附了五首歌曲，有《苦猎人的歌》《狐狸的歌》《小神气的歌》《狼的歌》《兔子们的收场歌》。书的最后，有一篇斯大林奖金获得者、俄罗斯功勋艺术家符·柯列萨叶夫的文章，题目叫《给导演的话》，就这部戏如何演出提出了许多建议。他说："这虽然是个规模不大、人物不多的小剧本，可是在上演的时候，却需要很多的创造和不少的努力。这个剧本有两场戏，一共有十个人物，其中九个是野兽，七个兔子他们应该各不相同，其中最主要的是小神气。分配演这些角色的人，应该根据能力和性格，还要估计到他们的天赋。比方扮演狼的人，应该有一副低嗓子，身材比别的角色高大。狐狸应该由一位嗓子尖、身材比较高的小姑娘来扮；演兔子的，应该是一些身材最小、动作敏捷的孩子。"我想，如果每一部剧本都附有这样一篇专家撰写的指导性文章，对提升剧本的演出质量一定会大有裨益。

此剧后来经周恩来的义女孙维世改编成儿童话剧《小白兔》，1953年由任德耀执导，搬上了舞台。后来在上海中福会儿童艺术剧院久演不衰，创下近八十万人次的观众纪录。

此书封面画的就是"兔子小神气"，他拿着一管猎枪，神气地撑着腰，一副什么都不怕的神情。书中的六幅插图，都是根据剧情配画的，白描画把动物画得神态毕肖，煞是可爱。

2010年，湖北教育出版社在"外国儿童文学经典100部"丛书中，列有《不听话孩子的狂欢节》一书，选入了三部米哈尔科夫的作品，其中就有童话剧《神气活现的小兔子》。任溶溶在《译者的话》中，对米哈尔科夫进行了介绍："米哈尔科夫1913年3月12日生于莫斯科。父亲是禽类学家，爱好文学。在父亲的影响下，米哈尔科夫从小喜欢诗歌，读小学时就写诗投稿，居然拿到过三个卢布的预付稿费。他当过几年织染厂的小工和地质勘探队员，卫国战争期间他做过军队报刊工作，成为苏联国歌歌词作者之一。战后他专业从事写作。他的儿童诗以及儿童剧和讽刺喜剧剧本，多次获得斯大林文学奖金和列宁文学奖金。"

经典的
《俄罗斯民间故事》

　　这是任溶溶在时代出版社出版的早期译作。1952年8月初版印数3201册,1953年1月再版印数6700册。定价旧币14500元,相当于后来的一元四角五分。

　　这是任溶溶翻译俄罗斯儿童文学的一部重要译作,但也是少有人提及、被忽视的一本译作。原编写者阿·托尔斯泰是苏联著名作家,早年醉心于象征派诗歌,出版过诗集《抒情诗》《蓝色河流之后》。以后以小说创作为主,出版有长篇小说《跛老爷》《苦难的历程》(三部曲)等。此书前面有阿·托尔斯泰的序。他开头就写道:"改写俄罗斯民间故事,曾经有过许多次的尝试。问题在于一百年以来,他们都根据各个讲故事的人所讲的记录下来——直到现在还是这样。"阐述这种方法会使民间的风格全都失去了,这正好像蝴蝶翅膀上美妙而脆弱的图案,

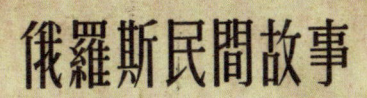

《俄罗斯民间故事》 时代出版社1952年8月版

碰到了人粗笨的手指就会给毁坏了一样。文章接着写道:"我的任务是另外一种:我要在编辑故事集的时候,把民间故事的一切清新和自然保存下来。为了要达到这个目的,我是这样做的:我从无数主题相同而讲法不同的故事当中,挑选出最有趣和基本的一种,再用别的语言和情节生动的故事来丰富它。自然,当我从各部分这样拼成一个故事,或者说恢复这个故事的本来面目的时候,某些地方我不得不增添,某些地方我不得不改变,某些不够的地方我不得不补足,可是我做这一种工作,是根据原来的风格的——我充满信心,要贡献给各位读者一本真正的民间故事,有一切语言富藏和故事特点的人民创作。"

这段话有点长,却很重要。它说清了原选编者的改写想法,也可以看作是一切改编者可遵循的法则。

此书近十七万字,分上下卷,上卷有五十一则故事,篇幅都比较短小。下卷有六个故事,篇幅稍长些。每一则故事配一幅题图,也是钢笔线描画法,与文字内容相吻合。如上卷第一篇《大萝卜》,就配了一幅众人与动物们一起拔萝卜的画面,很是形象。文中写道:"一个老头儿种下了萝卜,对它说:长大呀,长大呀,一个萝卜长出来了,长得又甜又结实,又大得不得了。老头儿啊拔萝卜,拔了又拔,拔不出来。小猫儿把小耗子儿叫来,小耗子儿拉小猫儿,小猫儿拉小狗儿,小狗儿拉孙女儿,孙女儿拉老婆儿,老婆儿拉老头儿,老头儿啊拔萝卜,他们拔了又拔,把萝卜拔了出来。"这个童话故事,有点顺口溜的味道。

阿·托尔斯泰选编的故事，有几个显著特点。一是富有儿歌和歌谣的韵味，读上去朗朗上口，童趣十足。二是以人物与动物和谐相处为场景，不少以动物为主角，也是符合儿童心理特点的一种创造。三是采用大量的对话，使故事栩栩如生，使读者如临其境。

2011年1月，此书被列入由任溶溶主编的"世界少年文学经典文库"丛书，由浙江少年儿童出版社出版。该丛书网罗了古今中外一百多部优秀作品，作为少年儿童的课外阅读书目，以提高他们的文学素养，真是功不可没啊！

最后说说丰富多彩的俄罗斯民间故事。每个国家都有属于本国的民间故事，俄罗斯也不例外。民间故事在俄罗斯是最受人喜爱的一种文学样式，它集中反映了普通百姓的思想智慧，因其丰富的文学价值和独特的美感而别具一格。动物是俄罗斯民间故事的三大题材之一，这些故事来源于很早之前人们对自然现象和事物的理解。因此，故事中的英雄们都被赋予了神奇的力量。故事中的主角，大多是像人类一样生活、行动的动物，例如熊、狼、兔子、山羊等。俄罗斯的民间故事，生动传递出俄罗斯人民的民族精神。这本堪称经典的《俄罗斯民间故事》，就是最有说服力的儿童读物。

从小爱看哈哈镜

记得小时候,第一次到上海大世界白相(吴语方言,意为玩耍),站在进门口的过厅上,对着十二种哈哈镜,反复照个不停。因为它一会把我变瘦变高了,一会把我变胖变矮了,引得我哈哈大笑。这哈哈镜就在我幼小的心里,留下深刻印象。当一眼看到这本《哈哈镜王国历险记》,我的头脑里就条件反射,立马想到小时候的一幕,心想,这本书一定有趣。

此书原作者是维·古巴列夫,任溶溶根据苏联青年近卫军出版社1951年的俄文版翻译,由啸青担任校阅,1952年12月作为少年读物,由华东青年出版社初版,第一次印数20000册。这个首印数,不用说放到现在,就是当年,都是高的。可见出版社对这本书的读者量,有着相当好的预期。此书1953年3月由少年儿童出版社按原纸型出了新一版,同年11月第三次印刷,

哈哈鏡王國歷險記

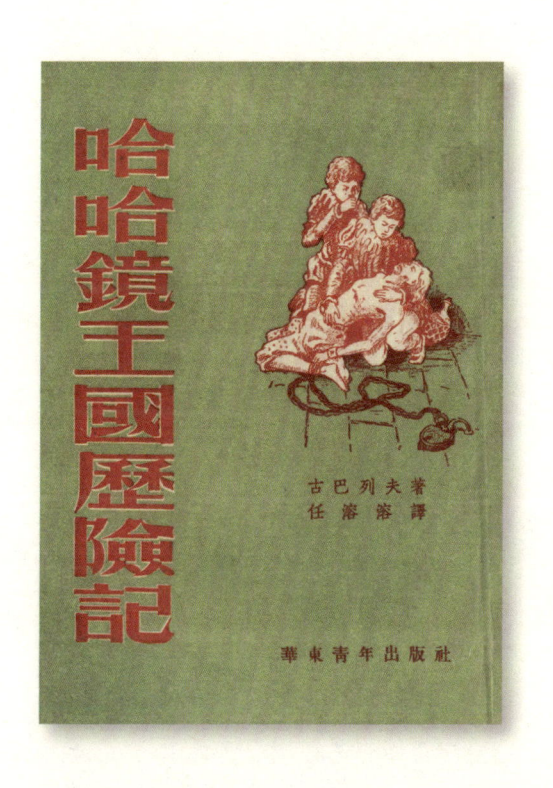

古巴列夫 著
任容容 譯

華東青年出版社

《哈哈镜王国历险记》 华东青年出版社1952年12月版

印数为26020册。

编者在书后的封底上，有"本书内容介绍"：

"这个童话里的主角，是一个苏联的少先队员，名叫奥丽雅。一天，她到一个哈哈镜王国里去游历。在王国里，她和她的影子雅丽奥，为了搭救一个被国王判处死刑的小工人，就都打扮成国王的侍童，跑到王宫里，跟国王和大臣们展开了机智勇敢的斗争。她俩的正义行为，得到了善良人们的帮助，她俩相互之间，更不断地开展批评与自我批评，这就使得她俩在斗争中更加团结友爱。最后，终于摧毁了王国的统治，解放了王国的人民。"

这本书的目录分为两个部分，第一部"死塔"，从第一章至第九章；第二部"开脚镣手铐的钥匙"，从第十章到十六章。它的每一章标题，其实都是这一章的概括，意思非常精练简约，可见作者的用心与水平。比如第一部第一章，就明确写着："在这一章里，奥丽雅跟奶奶吵嘴，又听见魔镜说话的声音"。第二章里，又写道："在这一章里，奥丽雅跟自己的影子相识，又到童话国里去"。这样的写法，很符合儿童的阅读心理，每一章的开头，既简要说出这章内容，又作了阅读的提示，有些悬念，让人有读下去的兴趣。

全书的开头这样写道：

"我想给大家介绍一个小姑娘，她的名字叫奥丽雅。这小姑娘忽然分了身，面对面看见自己了。她看见的好像不是自己，完全像是另外一个小姑娘——比如说,是她的姐妹或者朋友。"

这样的开头,很引人入胜,如同给儿童讲故事一样。

最后一章是第二部第十六章,题目是"也就是末了儿的一章,在这一章里,奥丽雅战胜了鹰部长,回到了家"。先写:"奥丽雅快步跑下楼梯。她准备好无论碰到什么危险都勇敢地迎上去!可是她朝宾塔的门口一望,就不由得手脚冰凉,浑身哆嗦。鹰部长的马车停在塔旁边,守卫人拍马屁地弯着身子扶他下车。奥丽雅一转身,就拼命朝城里跑。哈哈镜过了一面又一面,总共不过一百面镜子,可是它们好像数也数不清似的。她有气无力地来到镜子面前,对它说:亲爱的魔镜,救救我吧,带我回家吧。"最终,奥丽雅打败了鹰部长。"镜子干净的平面上掠过浅蓝色的波浪。奥丽雅听见对她说话的声音,这声音就像水晶片相碰似的,叮叮当当,十分好听。"

在少年儿童出版社新版的"内容提要"里说:"这是一本新童话,里面讲一个苏联少先队员走进镜子,和镜子里的影子一同到哈哈镜王国里去游历。"最后说:"这个童话既有趣,又有教育意义,在苏联已经改成剧本上演了。"

我还得老生常谈一下,这部童话的插图都非常生动有趣,可惜书中没有列出画家的姓名,可能原版书上就没有署画家的名字。当年,翻译家把外国作品翻译成中文,介绍给国内读者,都是看到什么原版书,就翻译什么书,无论文字还是插画,都没有知识产权一说。现在世道完全不同了,世界范围内都提倡

对知识产权的保护。近年有出版社打算出版任溶溶早年的这些译著,不但要征得译者同意并授权,还要去购买外国的绘画版权。有的无法买到版权,得不到外国画家的授权,就只能无奈地"望洋兴叹"。

1989年,湖南少年儿童出版社出版了这本书的连环画版本,1999年,湖北美术出版社出版了此书的插图本。这说明,世界儿童文学名著名译,是我国出版界长盛不衰的少儿读物。

他都
《洗呀洗干净》了

任溶溶翻译的《洗呀洗干净》,也是陈伯吹主编的"苏联儿童文学丛刊"一种,1953年2月初版,印数10000册,编号已达第45种,可见这套丛刊有较大的规模哪!此书作者也是柯·楚科夫斯基,他是苏联一名优秀的文学评论家、翻译家,并被公认为是第一位现代俄罗斯儿童文学作家。他家境贫困,靠自学成才,成年后一度侨居英国,应高尔基的邀请,回家主持出版社的儿童文学工作,并把主要精力投入于此。创作出版有诗体童话《鳄鱼》《苍蝇的婚礼》等,还翻译了惠特曼、马克·吐温等人作品,晚年写了大量回忆录,再现了列宾、高尔基、马雅柯夫斯基等作家、艺术家的形象。

他在此书中讲了这么一个故事:有一个不爱清洁的小孩子,茶壶、枕头、书本、皮球嫌他肮脏,不愿和他在一起,都逃走

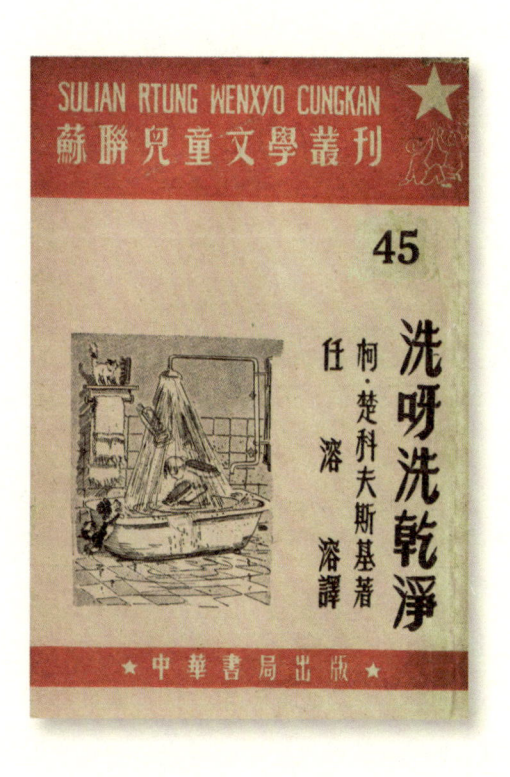

《洗呀洗干净》 中华书局1953年2月版

了。"洗脸台大王"叫来了喽啰们要揍他一顿,小孩子拼命地逃,路上又撞见了鳄鱼,鳄鱼张开大嘴,要吞掉他。小孩子只好仍旧逃回家里,把身体洗干净,于是,各种东西都回来和他亲昵了。(2015年,浙少版《唉呀疼医生》一书收录了该文。)

陈伯吹先生照例有一文《写在前面》:

"写作有关体育、卫生等内容的儿童文学作品,要通过文艺的形式来完成主题的任务,似乎比较困难的。从已有的一般出版物看来,不是容易写的琐碎,便是容易写得教条,更普遍的容易写得一般化。最近爱国卫生运动在全国范围各城、镇广泛又普遍地开展,所以小学校里的教师和学生们,需要有关这方面的儿童文学作品是非常的急切,而在国内创作方面又这样缺乏,因此译印出版这样的一本翻译本,是适逢其时。《洗呀洗干净》又是楚科夫斯基的杰作,读者如果已经读过《老太婆的烦恼》,一定喜欢再读这一本书,是可以保证的。作家仍旧用了童话的形式表达了对于卫生的教育意义,内容新奇可喜,为小读者所喜见乐闻而欢迎接受的。"

全文照录陈伯吹写于六十多年前的这段文字,我看有着重要意义。他谈了儿童文学的特点,以及如何做好儿童文学。他指出的现象,到现在仍然非常严重地存在着。

陈伯吹先生是上海宝山人,一生致力于儿童教育和儿童文学事业。1927年就出版了儿童文学作品《学校生活记》,据此取得当年位于胶州路上的大夏大学入学考试资格。后来他一边读

大学,一边到幼儿师范教书,贫穷的大学生因此解决了食宿问题。他1930年底大学毕业进北新书局,开始主编《小学生》半月刊及"小朋友丛书"。抗战胜利前夕重回上海,任即将复刊的《小朋友》主编。1946年,他和李楚材先生一起,发起成立了"上海儿童文学工作者联谊会",第二年由联谊会主办了"儿童书籍展览会",有会员带来了一批苏联儿童文学原版读物,陈伯吹见之感到新颖突出,与我们的儿童书籍相比,是"自愧不如,亟应改进赶上"。

受此启发,在20世纪50年代初,陈伯吹就把此事提上议事日程,主编了"苏联儿童文学丛刊",一直编到他1954年调往北京,中华书局也迁往北京为止,前后三年多时间,共出版了五六十种苏联儿童文学翻译书籍。他自己身体力行,翻译了《改过的小老鼠》《象伯伯的喜剧》等。而且他对每一本书都有《写在前面》一文,等同于前言,谈他对儿童文学的看法,对该部作品的评说,言简意赅,要言不烦。而他对同样是大夏大学的校友任溶溶更是照拂备至,他俩同受教于大夏大学郭绍虞、刘大杰等名师。

而出版这套丛刊的中华书局,是我国与商务印书馆同驾并驱的两大出版机构之一。它自1912年成立伊始,以儿童教育与成长为己任,率先编印《中华教科书》,创办《中华童子界》《中华学生界》《中华儿童画报》等。在儿童读物的传播和培育上,中华书局功不可没。

《古丽雅的道路》宽又长

任溶溶翻译的外国儿童文学作品,是出版一本畅销一本。但更为畅销的是《古丽雅的道路》,初版后再版,一印而再印,总印数已是天文数字了。

此书是一部人物文学传记,中文译本于1953年3月由时代出版社在上海初版,印数30100册。原作者叶列娜·伊林娜,是苏联著名诗人马尔夏克的妹妹,她在书前写有《给我的读者》,开头写道:"这短短一生的故事,并不是空想出来的。书里写的那位姑娘,在她还是小娃娃的时候,我就认识她了。"这说明,写一个人的文学传记,没有对传主达到相当熟悉的程度,很难写好。

书后,有译者写的"关于这本书",文字不长,照录如下:

"本书原名《第四高度》,《古丽雅的道路》这名字,是我给

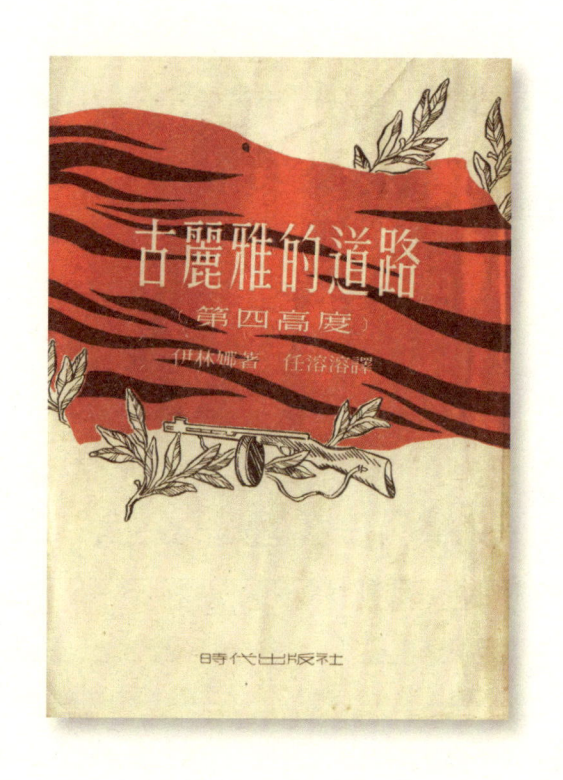

《古丽雅的道路》 时代出版社1953年3月版

起的。关于《第四高度》的意义,苏联文学评论家阿·马尔高里娜在《论苏联儿童小说》一文里说得很清楚。'第四高度'是指古丽雅在小姑娘时期、少妇时期、成年时期所达到的高度,是精神上的高度。读者在读这本书的时候,不但被作者带到女英雄古丽雅一生的表面过程中去,而且被她带到古丽雅的内心世界里去。因此好像自己也达到这四个高度,培养着自己的性格一样。这本书一九四五年在苏联初版,现在已经成为苏联青少年最喜爱的书之一,古丽雅这人物,也已经成为苏联青少年心爱的一位女英雄了。"

任溶溶上述的话,简要地说明了这本原名《第四高度》的图书的主要内容。这是一位怎样的女英雄呢?她很小就有表演的天赋,十二岁那年,为了影片《游击队的女儿》,她苦练骑马,飞越障碍物,达到第一高度。因为拍电影,她的学习成绩跟不上,妈妈要为她请补习教师,她坚决不要,倔强地拼搏数月,圆满通过了考试,达到第二高度。在游泳比赛中,她征服了八米跳台,达到了第三高度。卫国战争中,她奔赴前线,在攻克一个高地时,用鲜血换来了生命中的第四高度。

《第四高度》在苏联出版后,广受欢迎。作者在写书之前,曾写过一篇纪念古丽雅的文章,题目就叫《高陡的道路》,译者任溶溶认为,这表达了原作者的真切想法。就在译成中文时,把书名改为《古丽雅的道路》,并介绍给中国读者,这也是贴切而准确的。所以,中文版的封面书名之下,还印有"第四高度"

《古丽雅的道路》宽又长

这一行字。

　　这本中文译著出版后，引起了中国读者的强烈共鸣，立即成了畅销书。古丽雅与《钢铁是怎样炼成的》《卓娅和舒拉的故事》等苏联文学作品中的主人公一样，成为中国青年的偶像。用今天的话说，任溶溶译出了一本"红色经典"。有人问过译者，这本书由团中央向全国青少年推荐，是否是出版机构授意他翻译此书，任溶溶笑着说："哪里的事，当初书店里就有俄文版原著，我感到写得好，就买回来一口气译了下来。"此书出版不到五个月，引起一阵阵阅读热浪。有关方面就在原上海市人民图书馆（上海图书馆前身），举办"《古丽雅的道路》评介会"，请译者任溶溶到场，作了两个多小时的专题讲座。千余名热心读者冒着八月酷暑，聆听了他关于《第四高度》及苏联"英雄小说"的演讲。会上，还请来著名电影演员张瑞芳，请她朗诵了《古丽雅的道路》中的精彩片段。

　　当年读过这本书的读者，时过半个多世纪后，回忆起来仍是津津乐道。1946年曾与任溶溶共事过的张朝杰先生，50年代任《青年报》编辑，报纸刊登了此书的连载后，读者的来信像雪花一样，报上刊发了不少读者的读后感。我国第一位女子乒乓球世界冠军丘钟惠，在晚年回忆自己的体育生涯时说，她喜欢读苏联英雄主义书籍，《古丽雅的道路》就是其中之一，在自己遇到困难时就想：古丽雅不是都这样练出来的吗，我为什么不能？最终她战胜了自己。

我在二十多年前淘到此书，一见就喜欢上了。初版是大32开本，以后又见到小32开本，不知不觉竟淘了六七本，先后请任溶溶先生签名留念。他问过我："到啥地方弄来这么些旧书？"我说都是从旧书摊上一本本淘来的呀。从初版到1953年10月北京修订重排普及本第三次印刷，此书的印数已是495150册了。任溶溶增写了《修正本后记》，他说："本书在初版时，因为时间过于匆忙，未能详加校阅，这次再版，承时代出版社王勋、郭一民、汤弗之三位同志抽空参照原文核对了一次，提供了许多宝贵的意见，并作了部分的修改，谨在这儿向他们致谢。"译者虚怀若谷、知恩感怀的精神，值得我们学习。

1956年2月，由画家奚湜绘制成连环画，新艺术出版社（上海人民美术出版社前身）出版。1984年10月，改名为《女英雄古丽雅》的连环画版本，由江苏美术出版社出版。

记得曾创作长篇小说《羊的门》的著名作家李佩甫，在一次回答记者提问时回忆道："五十年前，在一盏油灯下，我有幸读到了此生的第一部外国文学作品。五十年后，一切都模糊了，可我仍能记得这部作品的名字：《古丽雅的道路》。正是这本书改变了我的人生走向，也由此改变了我的生活轨道。这本书让我早在童年里就有了关于爱情的标尺，一个穿'布拉吉'的姑娘正向我走来，汪着一双水灵灵的大眼睛，脚下有一双天蓝色的小皮鞋，弹弹地走。这文字背后有八个字的刻度：高贵、美丽、健康、善良。这就是俄罗斯文学最初对我的浸润。"

2003年，虽然苏联已经解体，但苏联的英雄们依然活在人们心中。上海译文出版社新版了任溶溶早年翻译的《古丽雅的道路》，依然受到读者的热捧。古丽雅勇敢的人生道路，是不分国籍的年轻人应该走的道路，它将是宽广而悠长的。

《小房子》的童话

这是苏联马尔夏克的又一部脍炙人口的儿童作品,由符·柯那雪维奇配画,任溶溶根据1949年俄文版翻译,少年儿童出版社1953年5月初版,1954年6月第三次印刷,印数是21020册,到1955年11月第五次印刷,印数已达33080册。

在任溶溶翻译的外国儿童文学作品中,马尔夏克的作品大约是最多的了,可见他对老马是情有独钟,惺惺相惜。

这《小房子》在任溶溶的译作中,是较有特色的一种。版权页上有两行字,一是书名后有"(中·高)"的字样,表明这是适合小学中高年级学生阅读的。在书名下,有"(一篇可以朗诵、也可以演出的童话诗)"这句话,也就提示学校或演出机构,这是可以用来表演的儿童诗作品。"内容提要"也是别出心裁,按童话诗的形式,写成诗歌,或者说,它就是从书中的诗

《小房子》 少年儿童出版社1953年5月版

歌句子中找出来的:"有一座房子真正好/不矮不高,不大不小/里面住着一户人家/公鸡、刺猬、耗子、青蛙/狼和狐狸带了狗熊/想要来欺负它们/可是它们团结一致/打得敌人几乎要死!"

这是一出由讲故事的人来串讲的表演诗剧。开场写道:"讲故事的人:空地上一座房子真正好/真正好/也不矮来也不高/也不高。/泥地里出来一只小青蛙/看见大门儿锁上啦/用脚把锁给敲掉/朝着屋里瞧了瞧。"然后是小青蛙回答,再由讲故事的人来串联:"等到青蛙点了灯/吱吱的耗子来敲门。"小耗子出来与小青蛙对答。接着是"你方唱罢我登场",小刺猬、大公鸡、狼和狐狸依次出场,又说又唱,好不热闹。最后,由讲故事的人来收尾:"现在的小房子已经锁好/屋里大家要睡到明早/现在四面八方静悄悄/只有刺猬通夜不睡觉/小拨浪鼓它嗵嗵地摇/让饿狼和狗熊都听到/让狡猾的狐狸一听见/在林子里就逃得老远老远……"

儿童诗的表演,比起童话剧的表演,更有一种诗意、一种抑扬顿挫的节奏在字里行间,给小朋友从小有良好的诗教。这是儿童诗剧所独有的艺术教育功能。

时下的翻译家,已经很少会去译儿童诗剧了。现在的诗人,也很少会去原创童话诗剧了,似乎已淡忘了还有这样一种儿童喜闻乐见的阅读或表演的文学形式,更不用说能欣赏到这方面的优秀作品了。

此书的封面图,就是这部童话诗的内容概括,高度提炼了

诗的内容精华。深绿的底色，如同城堡一样，各种动物穿梭其中，互相玩耍。一幢小房子，就是一个童话国里的极乐世界。

在现在的翻译家中，很难找出第二个人，对马尔夏克那么一往情深，可称顶级"马粉"。任溶溶曾说："从解放前夕到上世纪六十年代初，我一直在翻译他的作品。并不断在刊物上介绍他的作品。在他的诗集以及苏联作品不能出版的日子里，我无书可译，转而创作，开始写我的儿童诗，一直写到今天。我真要感谢马尔夏克以及我翻译过的巴尔托、米哈尔科夫等诗人，他们是我的老师。"

这是一番真诚的、发自译者肺腑的感言。

巴尔托的儿童诗

以往任溶溶的译著,很少见到前言、后记之类的文字,可能是那个年代不注重这种形式,或者说,作者或译者都较为低调,除了作品,不大会以自己的名义再弄篇什么文字,怕太突出个人。这本《快活的小诗》却是个例外,前面有《译诗人的话》,这就是翻译诗歌的译者任溶溶本人了。文字不长,照录如下:

"阿·巴尔托是苏联有名的女诗人。她1906年生在莫斯科,第一本诗集在1925年出版。

"她写了许多诗给小朋友们看,其中有些还谱了曲子,或者请苏联名演员朗诵,灌成唱片。她除了写诗,也写电影剧本。因为她不倦地为人民服务,得到很大的成绩,1939年得到'光荣勋章',1946年得到'卫国战争中英勇劳动奖章'。

"她从她写的许多诗中,选出最好的一部分来编成一本诗

《快活的小诗》 少年儿童出版社1953年6月版

集,叫《给孩子们的诗》,在1949年出版。这诗集得到了1950年的斯大林文学奖金。

"《给孩子们的诗》我整本儿都译出来了,可是其中一部分诗,咱们中国的小读者看了不好懂,所以我从整本译稿中选出约五分之二来,编成这么一本小集子。这集子里的诗,和阿·巴尔托另一选集《快活的小诗》里的大部分相同,所以我就借用那个书名,把这本书叫作《快活的小诗》。"

在这段文字中,译者介绍了原作者,也谈了他这本译作是怎么译成和命名的,讲得清楚明白,也为若干年后的读者和研究者提供了儿童文学作品及其可靠的出版史料。更让我们知道,任溶溶翻译儿童文学作品,首先考虑的是中国小朋友读者。他翻译了阿·巴尔托全部的儿童诗,这是因为他喜欢这个苏联著名儿童诗人的作品。但是,他没有把她的作品全部印行出版,而是只选了五分之二编入集子,这就体现了他的翻译理念——要让中国儿童读得懂,能理解。

书前面的版权页上面,有"内容提要"说:"这本书题材丰富,有些诗讽刺不专心温课,功课老是温不好的孩子(《白鹭》);有些短诗描写儿童生活中一些细小而可爱的事情,像初进一年级的小学生一夜醒十遍(《上学去》);一个孩子为了让母鸟能从屋顶的漏洞飞进来喂小鸟,故意把补漏的瓦盖匠支使开去(《小鸟》);还有些诗描写孩子们有伟大的理想,大起来要做人民战士(《两本薄子》),要做飞机师、矿冶工程师(《给斯大林的

信》)。这一些诗都帮助儿童了解生活,教育儿童热爱生活。"这使读者大致了解了这本诗集的主要内容。

集子共有二十七首诗,译者注明分别出自阿·巴尔托早期四种诗集,即《房子搬场》《小灯》《同学们朋友们》《我们住在莫斯科》,插图者分别为符·高利雅叶夫和阿·勃烈依。

此书扉页上有女诗人阿·巴尔托的肖像。书中每首诗都有一至二幅插图,由马如瑾装帧,版式非常疏朗,给人带来阅读上的舒适感。少年儿童出版社从1953年6月第一版,到1956年4月,已是第七次印刷,印数达到56100册。这只是我见到的版本之印数,不能说是最终的印数。既是这个印数,放到今天,也准会让出版社感到惊喜。

我很喜欢看前言、后记的文字,从中可以了解作者或译者的写作过程及写作心态,以及相关的时代背景、著译者的情况等,留下一些可供后人知晓的文学及出版史料。这本译著满足了我的这一喜好,也是我喜欢这本书的理由之一吧。

勇敢前进吧！

任溶溶早期翻译的外国儿童文学作品中，主要是诗歌和童话，其次才是戏剧。为什么？有一次我问他，他答复说，翻译上没有啥问题，问题出在上演有困难，要有合适的演出剧团，还要有排练和演出的场所。因为这两难，任溶溶就不大多译剧作了。而这本书名为《勇敢的人们，前进呐！》，正是他为数不多的剧作翻译之一。

此书是苏联作家阿·扎克和伊·库兹聂卓夫原著，少年儿童出版社出版，1953年6月初版印刷10000册。书的封底上有一淡黄的色块，印着"内容提要"："法国一个小港口的码头工人举行罢工，不肯替美国鬼子和法国反动政府装卸军火。美国鬼子和法国反动政府于是派军队去镇压他们，同时把学校封闭，改做兵营。失学的工人子弟就和他们的父兄一道，为了争取和

《勇敢的人们，前进呐！》 少年儿童出版社1953年6月版

平，争取读书的权利，起来与反动的法国政府进行斗争。这是一个四幕八场的大剧本。它深刻地写出了法国人民在美国帝国主义和法国反动政府的压迫下，英勇不屈地进行斗争的事实。"

这个提要，只是一个粗线条的概括。戏中的主人公叫烈聂，是个年轻的码头工人，也是法国进步的少年儿童组织"勇敢的人联盟"中一个队的领导人。他带领码头工人和青年学生，开展了这一活动。

这个故事发生在法国南部一个不大的港口里。剧中人多台词也多，请听对白："他们反正要把货物卸下来的，在我们这个港口下不了，就到别的港口去下。""到别的港口也下不了。不止咱们这港口的工人罢工，全体人民都在为和平斗争呐！"还有："小朋友们，别垂头丧气了呀！你们的学校成为罢工的前线了。罢工的命运决定在学校。学校的命运决定在港口。互相帮忙，怎么样？""法国人民是自己祖国的主人，你以为你收买的那些人有权代表法国说话吗？这是无用的。而你呢，密斯脱勃烈格里，我劝你回家吧。你在家要安静些。""装纺织机器去？我们知道得清清楚楚。你永远记住吧：克鲁埃扬码头工人是不装军火的！""路是一定会给你开出的。密斯脱勃烈格里！我们开的路，是法国人民通到和平的路。"最后，当政府派出军队时，工人和学生联手争取他们，勇敢地阻挡他们。"兵士们，你们记住，你们不可以开枪，你们不要开枪打自己的弟兄啊！放下枪头刺刀吧！""兵士们，你们要装的军火，这就是战争，这

就是你们的死亡。兵士们,这就是咱们孩子们的死亡!""人民记住你们／你们永远在人民心中／军人是人民弟兄／英雄事业将千古长存!"在兵士们的歌声中,大幕缓缓落下。

这个剧本的台词既非常儿童化,又幽默调侃。将一个很严肃的题材变得轻松诙谐,让孩子们受到爱国主义的教育。这是作者的功劳,也是译者的功劳。因为,任溶溶总是想到,译外国儿童文学作品,要让中国小读者读得懂读得舒畅,他在语言上就要花一番功夫,译得通俗明晓,朗朗上口。

都说剧本剧本,是一剧之本。剧本的效果,应该体现在舞台上。如果这部儿童剧搬上舞台,我相信,一定会有不错的剧场效果。可惜的是,我只能像捧着文物一样,捧着这本已经有点破旧的剧本,以此来想象当年人们是怎样来读这个剧本的。因为它10000册的印数,在今天来说,也都不是一个小数字。

儿童爱看故事诗

这是由两首儿童故事诗编成的一本诗集。《去报告斯大林！》一诗，是普·伏伦柯所写，阿·达维多娃配画，并以此诗名作为书名。另一首诗是尤·雅柯夫列夫所写，是少年儿童出版社的美编赵蓝天根据阿·叶尔莫拉叶夫的画重新绘制。此书由少年儿童出版社于1953年6月初版，印数5000册。7月就加印12000册，总印数为17000册。

《去报告斯大林！》一诗，写的是苏联卫国战争时候，一个孩子和家乡被法西斯强盗烧了，爸爸妈妈被捉去了，他有冤无处诉，马上想起了最亲爱的人——斯大林，决定上莫斯科去报告他。半路上他碰到了游击队，把游击队带去解放了他的家乡。

此诗写得很流畅："在杰斯那河的斜坡上／有个叫柳谷的小农庄／爱钓鱼的小彼得／就住在这一个地方。"最后，村庄得救

《去报告斯大林!》 少年儿童出版社1953年6月版

了，村里的人们把小彼得"轻轻地举在人群头上／小彼得像一面战旗／高高地飘扬。"可小彼得说："不是我！是斯大林救了你们／斯大林到处都在／也在窑洞里，也在克里姆林宫／他在世界的一切地方。"

《礼物》一诗，写的是一个少先队员到斯大林的故乡，见到了斯大林小时候最喜欢的花，决定把花带回莫斯科给斯大林。这事情可不好办，第一路很远，第二莫斯科的阳光不足。可是这少先队员和他的同学们科学学得很好，到底把花保护好了送给斯大林。斯大林接到他们的花，说："这样的孩子，大起来不会差。"

儿童诗不但要写得明白，还要写得有趣。《礼物》这样写道："冬天当真到了莫斯科／全城都结起了冰／你们迈起大步来吧／严寒对过路的人们下命令／严寒在街上留下来／毛茸茸的痕迹／风雪碰到红灯照样飞／交通规则完全不理会。"开头就用拟人的手法，把险恶的气候作了一番描写。少先队员克服重重困难，终于养活了贵重的花卉，送给了斯大林，表达了他们的心愿。很快，克里姆林宫来了电报："孩子们急忙拆开小纸／念上面的电文／上面写着：谢谢你们的花，下面签着：斯大林。"

任溶溶很早就意识到，应该多多将外国优秀的儿童诗歌作品翻译介绍给中国小读者，让他们从中受到更多教益。这些优秀诗歌的写作技巧，也有许多是我们中国诗歌作者可以借鉴和学习的地方。为此，他不惜时间和精力，竭尽全力翻译了不少

外国的儿童诗歌作品。

任溶溶曾坦言,自己不是搞文学理论的,说不上多少理论道理。确实,他没有写过一篇正儿八经谈儿童诗的理论文章。但他身体力行,从翻译儿童诗入手,有时也给小朋友朗诵儿童诗,在实践中摸索出许多儿童诗的创作规律,时有对儿童诗的精辟而独到的感悟。他按照外文原诗的节拍和韵脚,用中国口语一字一句译出,遇到难以让中国小朋友理解的地方,他就想尽办法,用最通俗明白的语言来阐明原作的意思,目的只有一个:让小读者读得懂外国诗歌作品。

从这两首外国儿童诗的翻译来看,原作有很强的故事性,这正是外国儿童诗的特点,译者就尽可能还原它的故事属性。因为,相比成人来说,儿童更喜欢听故事,这是他们的天性。故事中有形象,有人物,有情节,就能引人入胜,也能入脑入心,甚至牢记一辈子。

《小草儿历险记》真有险

在任溶溶早期翻译的外国儿童作品中,《小草儿历险记》属于篇幅较长的一部了,版权页标示字数为108000字,超过十万字,现在可称长篇儿童小说了。原作者是谢·罗扎诺夫,由伊·格林施简插图,马如瑾装帧,少年儿童出版社初版于1953年7月,到1956年4月的第七次印刷中,印数已达39100册了。这不是出版奇迹,在任溶溶的译著中,很少有不过万的印数的。要是放到现在,这样的发行量,准让出版社编辑和领导笑得合不拢嘴。

这部小说的内容写的是,小草儿和他的爸爸出城滑雪,中途失散了。小草儿找他的爸爸,爸爸也找小草儿,两人像捉迷藏一样找了好半天。自然,在幸福的苏联,小草儿在人们温暖的关心照顾下,不久就回到了爸爸妈妈的身边。可是他一路上

《小草儿历险记》 少年儿童出版社1953年7月版

坐过地下电车，坐过火车，坐过电气列车，参观过发电站，看见过打旗语——一句话，长了很多知识。

这是该书版权页上的"内容提要"，最后几句话是："我们看了这本书，就等于跟着小草儿在莫斯科走上一遍，可以亲切地看到苏联人民的生活，也可以长上很多知识。"

这篇"内容提要"的文字，应该就是出自译者之手。他在书的前面还写有一则《译者的说明》："这一本书，我原来根据原书一九四九年出版的第十三版翻译，这第十三版是经过作者重大修改的。我译好以后不久，又看到原书的一九五一年版，发现作者又作了修改，于是根据新版本重新校改过。为了使这一本有趣的书更适合咱们中国小朋友阅读起见，原书中有几处为中国小朋友所不能了解的地方，我作了一些改动。"

这段简短的说明文字，向读者交代了两个问题，一个是译本的问题，原作者有权一遍遍修改自己的作品，如果没有其他因素，应该是一次比一次更好，一次比一次更满意。对于译者来说，选取作者最新修改的版本进行翻译，是最好的选择。任溶溶的可贵之处，是在见到作者有了更新的改本后，对自己的译本作了跟进式的校改，给中国读者提供了最完善的一个译本。另一个是译者为读者着想，不是生搬硬套的"拿来主义"，而是根据中国国情和小朋友的理解，尽量把文字译得更通俗易懂些。这也体现出译者的难能可贵之处。

这部儿童长篇也真是长，分了四十九个章节，如此之细分，

更适合小朋友们阅读。第一章节是"关于小草儿",开头写道:"小草儿是个男孩子,他还小啦。什么事情他都想知道,他好像田野上刚长出来的春天小草儿,望花朵,望树木,望太阳,望天上的云,望整个世界。飞机在他头上飞过,他望着飞机,心里想,为什么飞机不像鸟儿那样扑翅膀呢?它跟鸟儿不是一模一样吗?不扑翅膀,它怎么会飞呢?"

这小草儿真是一个认真、有趣,爱想问题的可爱的小男孩。

小草儿历险记可真有险,书中写道:"小草儿抽抽鼻子回答说:'我根本没哭,我好像看见一只狼了。''这里没有狼的。'小姑娘大声说。接着她静下来,低声问他:'什么狼啊,大吗?''大大的,比钢琴还大。'小草儿一面说,一面已经在那里想象出来,有一只像钢琴那么大的三脚狼向他们拐过来,张开了大嘴,它那些牙齿像钢琴的键一样,有黑的,有白的。"

其实,这是一种梦幻般的想象,是有惊无险哪!

书的最后一节是"整个故事这就完了",用了一连串的排比句:"这是真的,火车头和电气列车在土地上开,发电站发电,电沿着电线流,可以燃烧的煤气沿着管子走。这是真的,天一黑,全莫斯科就点起了电灯,克里姆林宫的星星也开始照得更亮。这是真的,在不十分远的地方,住着一个小姑娘叫小太阳,我爱她,我就把这个故事献给她。"

小说到此已是尽善尽美了。

这是在20世纪50年代初期,少年儿童出版社出版的一种近于正方形小开本的可爱儿童书，书中的原插图因为是黑白钢笔画，倒是很有趣味。现在的童书，如果有条件的话，建议尽量配上精美的插图，增加儿童的阅读兴致。读图时代，视觉的吸引，儿童永远是第一需要的。

《家庭会议》促学习

《家庭会议》由两篇精短儿童故事组成,加在一起,也只有一万七千余字,是一本名副其实的薄薄小册子。原作者是伊·瓦西连柯,任溶溶译,少年儿童出版社1953年8月初版,当年12月第二次印刷,到1955年5月印了第七次,印数35210册。

书的封底,在一小块湖绿的底色中,有一段"内容提要",上面写道:

"《家庭会议》写一个孩子得了一个两分,于是,哥哥、姐姐和弟弟找他开了一个小会,说服他要好好学习,这故事告诉我们,要关心家里兄弟姐妹的学习。《国家大事一样重要的事情》写一个低年级的学生逃学,高年级的少先队员于是想法子去把他找到,用有趣的方法,使他觉得应该好好学习。逃学的学生在苏联,在中国都是少有的。可是这故事的主要意义,是启发我们要

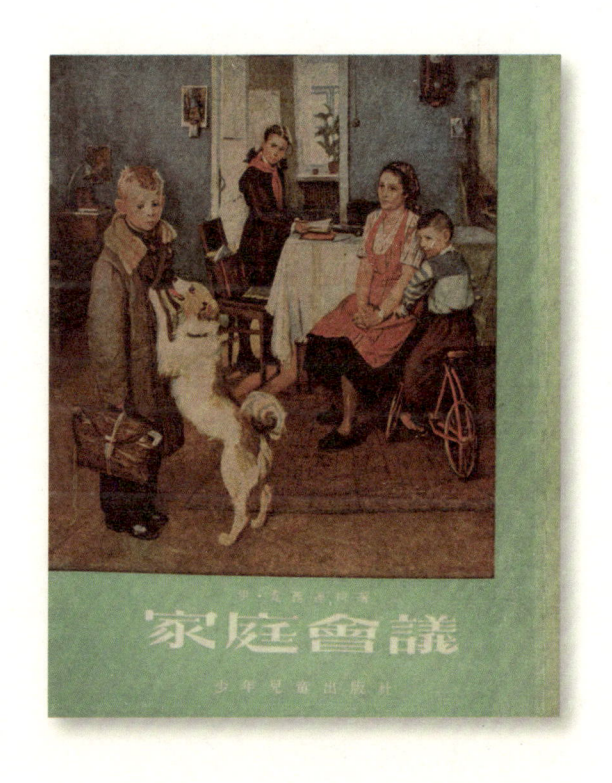

《家庭会议》 少年儿童出版社1953年8月版

关心同学的学习，少先队员要帮助同学们好好学习。"

在正文《家庭会议》中，有这样的描绘：

"一家人当中，瓦尼雅最小，他去年才上学念书。可是不知道什么道理，今天他把门捶得特别响、特别急。不要出了什么事情吧？马莎打开门，仔细地瞧瞧弟弟，弟弟把书丢在镜子下面的架子上，把脸直凑到姐姐的脸上去（他眼睛近视得厉害），用厚嘴唇低声说：'姐姐，你知道吗？彼嘉的数单上，就要有一个两分了。'"

最后，通过家庭会议，使彼嘉认识到自己的错误，提高了学习的自觉性。米沙说："你扫了我们过节的兴，没关系，我们来帮助你。你念书将要拿满满的五分。"

另一篇是《国家大事一样重要的事情》，开头就写：

"去年刚从师范学校毕业出来的三年级老师，在教员休息室里对七年级班主任难过地说：'我简直不知道怎么办好，这个斯焦派根本不听话。他已经两星期没来上学了'"

后来，在老师和同学们的帮助下，这个斯焦派不再逃学了。他常常和同学们一起讨论习题，结尾处写道：

"这时候斯焦派问：'算题深吗？''深极了。'谢尼雅竖起了眉毛。'碰到一个要命的算题，我算呐算呐，头也涨起来了。'斯焦派带怀疑的口气说：'说不定我算它不出来吧？''算得出来的，'谢尼雅坚定地回答，'你算得出来的。'他们说的话，虽然一个字也没有传到少先队室里来，可是三年级老师瞧着他们，微笑起来了。"

两个故事都很简单,但告诉人们一个道理,就是要好好学习。

《家庭会议》一文,由两位画家为之配了插图,一位是奥·盖奥尔吉叶夫,另一位是恩·鲍利索娃。而《国家大事一样重要的事情》的插图,是阿·柯柯陵画的。这样的话,一本没有多少文字的儿童故事书,就有三位画家为其配插图,这是不多见的。

最后,我们来说说此书两篇故事的原作者伊·瓦西连柯。书的前面,刊有作者的一张黑白标准像,下面印着作者的名字。这在一般的苏联儿童书中,也是不大见到的。因为,伊·瓦西连柯曾是苏联斯大林奖金获得者。

书中的插图均是像速写那样的简洁明快的钢笔画,但封面却是彩色的油画或水粉画。书的版权页上,有一行文字:"封面上的图是弗·烈歇特尼柯夫的名画《又是一个两分》,画面上,彼嘉虽然得了两分,可回到温暖的家,不但全家人都不责备他,连小狗对他都显得十分亲热,还像从前那样亲昵地扑在他身上,似乎在嘘寒问暖哪!"

明亮的《小星星》

这本《小星星》,也是经常被读者提起的经典儿童文学译著。原作者伊·瓦西连柯创作于1948年,任溶溶根据1950年的俄文版翻译,由原团中央的青年出版社,和迁往北京的开明书店合并后,于1953年由刚成立的中国青年出版社出版。1953年9月第一版,到了第二年6月的第三次印刷,印数已达58000册了。任溶溶在此前一个月,已翻译出版了作者的《家庭会议》。作者还有《自由幸福的苏联青年》等作品,具有广泛的影响。

此书的"内容提要"说明,这本小说通过技工学校的几个学生,描写了苏联新一代的工人阶级成长过程。它刻画了这些学生不同的性格和特点,以及他们热爱祖国、热爱劳动的优秀品质。它描述了这些学生怎样在学习和劳动过程中,掌握了新的技术和知识,树立了共产主义的劳动态度,培养了自己新的

小星星

伊·瓦西连柯著

《小星星》 中国青年出版社1953年9月版

道德品质，因而在生产上有了新的创造和发明。

这本小说共分十六个章节，第一章是"捣蛋的小姑娘"，开头写道："一切是老样子，看门人敲铁梆（校钟）叫大家睡觉，七号寝室里男生把裤子和衬衫叠好放在床旁托架上，盖上绒布被，斯焦派穿着长袜子到门边关灯，谢尼雅讲他过去一段古怪生活中的奇闻……"

这就拉开了小说的叙述，告诉读者故事发生在学校和学生中间。最后一章是"再上野樱花街"，结尾当然是欢欢喜喜：

"'对，十八个，'彼特罗声音已经坚定了，已经拿好主意了，'如果是这样，就是说链齿轮的轮缘可以预先不旋沟。''而一下子旋它！'马鲁霞快活地接上去说。她紧紧抓住他的手，幸福的眼睛闪着光芒，她说：'好了，咱们现在永远不再吵架了！'"

因为这本小说写得优美，把苏联少男少女的技校生活渲染得极为动人，并且获得过斯大林奖金。连环画大师赵宏本的大弟子、画家施琦平，根据中文译本绘制的连环画，改名《劳动后备军》，于1956年2月由新艺术出版社出版，共一百三十三页。

此书的译者后面，还印有"姚以恩校"的字样，这在任溶溶的译著中，是绝无仅有的特例了。

1928年出生的姚老师比任溶溶小五岁，已年逾九十二岁高龄了，也是我认识的前辈翻译家，他早年就读于姜椿芳任校长的上海俄文学校，后留校任教俄文至退休。20世纪50年代开始,他长期关注犹太作家肖洛姆·阿莱汉姆的创作,翻译了他的《莫吐儿》《节日的晚宴》等作品。他曾是草婴首任会长、任溶溶任副会长的上海翻译家协会秘书长,为上海文史研究馆馆员,《咬文嚼字》编委,到晚年还担任《世纪》杂志的审校,可见他学识的渊博。

看到两位翻译界老友半个多世纪前的合作成果《小星星》,我欣喜不已,十多年前就请他俩分别签名留念,此书成了我的一本难得的珍贵签名本。这当然是我喜欢这本书的理由之一。另一个原因就是我曾经在20世纪70年代后期,读过学制两年的电力技校。读到这本小说,自然回忆起四十多年前的往事,回忆起那些住读生活的经济寒碜和业余生活的快乐。技校是培养技术工人的学府,是工人阶级的后备军。在技校里,我不但学到了扎实的电力知识,为我以后在电力系统十五年的职业生涯打下了良好的基础,也使我结识了一批友好、纯洁的老师和同学,至今还在"朋友圈"里联系着呢!

幸福的一家

《亲亲爱爱的一家人》是一本儿童诗集,也是一本图画书。作诗的是苏联诗人谢·米哈尔柯夫,作画的是苏联画家阿·派霍莫夫,任溶溶翻译,少年儿童出版社1953年12月第一版第一次印刷。到1955年10月第六次印刷时,印数已达40160册。

此书封底有"内容提要":"这是一本画册。一幅幅的图画告诉我们:苏联小姑娘卡嘉一早一晚做些什么事情,她的爸爸是个建筑工程师,在办公室里做些什么事情;她的妈妈是个教师,在课堂里做些什么事情;她自己还小,整天在幼儿园里做些什么事情;到了星期天,她一家人又做些什么事情。大家来看吧,这个苏联小姑娘过得多么幸福哇!"

看提要当然只能知道内容梗概,看具体的文字和图画,才是有趣又有味的阅读。请看第一段:"我们亲亲爱爱的一家人/

《亲亲爱爱的一家人》 少年儿童出版社1953年12月版

起来得很早很早／右面那个是我，左面那个是爸爸／我俩一起做早操。"最后的结尾中，诗是这样写的："睡吧睡吧快睡吧！／睡吧我的小宝宝／这是妈妈唱着歌／卡嘉也就睡着了……"

诗虽然不长，只写了小姑娘及爸爸、妈妈简单的一天，却已经把他们一家人爱劳动、爱学习的氛围烘托了出来。从家庭到单位，从生活到工作，家里无论大人或小孩，都各司其职，各尽所能。在幼儿园的小姑娘，学习、娱乐是成长的主要元素。做父母的在单位里认真工作，是他们生活的必须，也是他们在为国家作贡献。而回到家里，或者举家外出游览，就是其乐融融、和和美美的一家人。这诗表现的就是和谐的社会，幸福的家庭。

作者谢·米哈尔柯夫（1913—2009），原名挺长，叫谢尔盖·弗拉基米罗维奇·米哈尔柯夫。他是苏联著名诗人、剧作家、儿童文学作家，十五岁发表第一首诗，二战期间当过战地记者，是俄罗斯国歌作词者，1935年创作出版的多卷本儿童叙事诗《斯乔帕叔叔》，成为苏联几代读者的必读作品。他三次获得斯大林文艺奖金，1970年至1990年担任俄联邦作协主席。为此书作画的阿·派霍莫夫，是苏联著名画家，曾为马雅柯夫斯基的《给孩子们》、班台莱耶夫的《大刷大洗》等儿童书籍配过插图。

既然说这是一本画册，那么，这本书中，画画就占据着主要的地位。书的封面上是一幅彩色画，这是一家人在高高兴兴地围桌用餐。书的内页，是一幅幅炭笔素描画，画面占了每个版面四分之三的篇幅，下面的四分之一是文字。这样，图画就显得鲜明突出，是真正的儿童图画书了。

儿童书做成图画书，最适合儿童的阅读特点，也是编辑出版工作者的关注点。20世纪五六十年代，还不太讲究版权之事，我们翻译的外国文学作品，同时移用了原书中的封面画及书中的插图，使中文版的童书，也展现出与原书一样文图并茂的童趣魅力。

时下，世界范围内都强调知识产权的保护，出版物的版权，就是其中重要的一个方面。据说，国内有家少儿出版社，打算重版任溶溶先生早年的一本儿童译著，准备采用原书的插图，专门跑到俄罗斯找原作者及家属，商谈版权购买事宜，对方还是不肯出让图画版权。无奈之下，只得请国内画家重画。而国内的出版状况是，一方面，一些知名画家不愿花时间为儿童书画插图；另一方面，出版方无财力请优秀画家画插图。所以，我们的图画书繁荣出版的背后，总有不尽如人意之处，无法吸引更多小朋友读者。

如何来破解这个难题？我建议，出版社尤其是出版儿童图画书的出版机构，要培育一批与出版社关系紧密的儿童画作者，适当提高他们画作的稿酬，做到优画优酬，以提高画家的绘画积极性，使画画这一生产力得到最大程度的释放。如此，童书的质量也会有较大的提高，也会有较好的市场经济效应。

《响亮城》的幸福孤儿

任溶溶在把阿·巴尔托的《给孩子们的诗》选译部分短诗，以《快活的小诗》出版后，又马不停蹄，根据1949年的俄文原版本，单独译出了其中较长的一首诗《响亮城》，于1953年12月由少年儿童出版社初版，印数10000册。两本巴尔托诗集的出版，前后仅相隔六个月。

这首长诗分成四个题目来写，即《三十个兄弟姐妹》《这一号哇一号，快点儿来到就好！》《生日》《孩子们睡了》。开头写道："夏天整个响亮城/充满小鸟的叫声/在荫凉的花园里/山雀跳跳蹦蹦。"展示了孩子们成长的诗一样的美丽环境。最后写道："响亮城在莫斯科河边/到处点着灯/它不是村子，不是郊外/是那么个城/国家对每个孩子/都非常关心/三十个小公民/睡着了……一片静。"

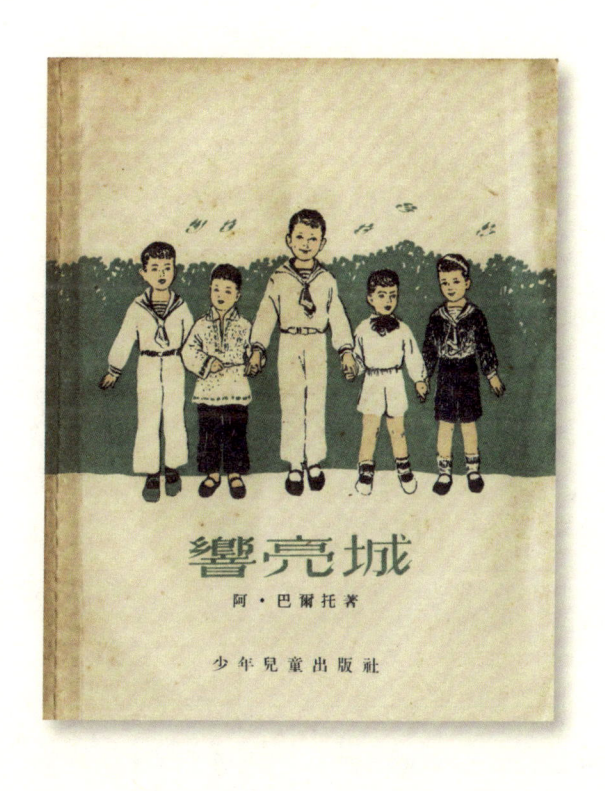

《响亮城》 少年儿童出版社1953年12月版

任溶溶在书前有《译者的话》，其中写道："苏联有一本书上说，《响亮城》是苏联卫国战争后最好的儿童文学作品之一，也是阿·巴尔托最好的作品之一。那么这首长诗里写的什么呢？在风景优美的响亮城，有一座儿童之家，里面住的都是孤儿，他们的父母在卫国战争中牺牲了。这些孤儿的日常生活是很愉快的，我们只要看看整天有人抱有人哄的小廖责雅、整天在花园里找矿石的小尼基塔、整天梦想球队会来请他踢足球的大彼佳，就可以知道了。不但是儿童之家的姑姑婶婶们早晚关心他们的健康、他们的吃穿，所有的人也都关心他们。比方到了六月一日国际儿童节吧——有几个孩子还是在这一天出生的（有些孤儿的生日没法知道，就把六月一日作为他们的生日了），儿童之家来了许多客人，有飞行员，有工程师，有少先队员。他们来跟孩子们一起过节，来送礼物给他们。在幸福的苏联就是这样，这些孩子不是孤儿，他们不像是孤儿，人们用母亲般的关心，关心地照顾他们。苏联整个国家培育着诗中的那些孩子，不但把童年还给他们，而且给了他们伟大的将来！这就是书中写的主要东西。"

阿·巴尔托是任溶溶喜欢的又一位苏联著名儿童文学女作家、诗人。因为喜欢，他会比较多地译介她的作品。因为喜欢，他会情不自禁地写上上述一段话，虽然文字不算太长，却精练地概括了这首长诗的内容。

《响亮城》的扉页上，是作者巴尔托的一幅肖像，神情庄重而慈祥，如一位可爱的母亲。全书由苏联画家阿·勃烈依配画，书中每一页都有钢笔插图，大大小小穿插在诗行之间，可爱又可亲，平添了不少童趣。彩色封面上，是五个幸福的孩子，他们手搀着手，亲如一家人。该书的装帧者仍是少年儿童出版社的美术编辑马如瑾，她可称这家出版社不可或缺的顶级美容师，把每本儿童书，像给自己出嫁的女儿一样，打扮得漂漂亮亮，美不胜收。

忽然想到，今天是第二十四个世界读书日，我把读《响亮城》并写下关于这本书的书话，作为对这个节日的庆贺。

《肮脏的小姑娘》变白了

任溶溶译过不少可供不识字的小朋友听的读物,《肮脏的小姑娘》就是其中一种,标明为"(低·中)",也就是低幼儿童的读物。作者是阿·巴尔托,绘图者是姆·乌斯片斯卡雅,装帧者是马如瑾。少年儿童出版社1953年12月初版,印数12060册。

此书后面封底上,"内容提要"简单地写着:"一个小姑娘手很黑,她说是晒黑的;鼻子很黑,她说是晒黑的;脚很黑,她说是晒黑的。大家拿水把她一冲,拿肥皂把她一擦,手白了,鼻子白了,脚白了。原来她不是晒成那样,原来她是脏。"

诗歌不长,主要是小朋友们和小姑娘的对话:"你呀,肮脏的小姑娘/你在哪里/把手弄成这样?"小姑娘答道:"我在那太阳底下躺/我让手掌晒太阳/所以嘛/它晒黑了。""小姑娘一见小刷子/小姑娘马上哇哇地嚷/她像小猫乱抓人/别碰我的小

《肮脏的小姑娘》 少年儿童出版社1953年12月版

手掌／它们不再会变白／它们是晒成这样！"用了刷子，用了海绵，用了肥皂后："现在你白净漂亮／根本不是晒成这样／原来这是脏。"

这儿童诗，尤其是写给低幼儿阅读的作品，一定要写得有趣，才能让他们读明白，听清楚。把生活中的日常道理，人生中的点滴哲理，都通过浅显的语言，形象的故事，深入浅出地娓娓道来，这叫作"润物细无声"哪！

低幼读物的一个很重要的特点，即它是一种文字不多的图画书，为什么过去年代的连环画那么受小朋友青睐，就是因为图画可以帮助识字不多或不识字的人，一点点来理解书中的内容。如果低幼读物没有图画，那就不适合给这个年龄层的儿童阅读。苏联的少儿读物，很注重文图并茂，一大批画家乐意为少儿作画。我们中国的画家，过去也学习苏联的这个好传统，给少儿读物配图插画。我在少年儿童出版社出版的读物中，常常看到"马如瑾"这个名字。这些书的装帧者就是她。我虽未能识荆，却十分钦佩。任溶溶曾写过一篇文章《少年儿童出版社刚成立的时候》，文中写道："美术科是新儿童书店和中华书局来的几位画家，新来的马如瑾，负责装帧设计，译文书的封面都由她负责，呱呱叫。"可见马如瑾的资历之深。

马如瑾是北京人，出生于1925年，今年应是九十五岁的老人了。她早年毕业于中央美术学院，后长期担任少年儿童出版社美编、编审，是中国美协会员，上海美协理事，中国出版工作者协会装帧艺术研究会理事。她为无数中国儿童书籍担任装帧设计，也画过许多儿童画和插图。绘画作品《夸父追日》获1978—1988年全国优秀儿童读物一等奖，《狐狸的一家》获1982年华东地区上海优秀插图奖，《小山羊》获1985年全国期刊封面设计二等奖。这些都是对她一生从事书籍装帧设计工作的褒奖和肯定。我国有不少书籍装帧者，如钱君匋、曹辛之以及马如瑾等，他们长期默默无闻地为美化书籍而贡献自己的智慧。在这里，应该向他们表示我一个普通读者的由衷敬意。

"洋葱头"和他的伙伴们

《洋葱头历险记》原作是意大利作家约·罗大里所著,两位苏联作家符·布里莫夫和格·马拉霍夫,把它节译成俄文出版,任溶溶根据1953年的俄文版译成中文,并全部采用俄文版中符·苏杰叶夫的插图。少年儿童出版社1954年1月初版,首印数是15000册。

封底有"内容提要",上面写着:"这是意大利共产党员、著名诗人约·罗大里为孩子们写的一本童话。童话里讲洋葱头和他的朋友小樱桃、葡萄、小红萝卜等等,怎样机智勇敢地反抗柠檬王、樱桃女伯爵、番茄骑士那些坏东西,并且得到了胜利。通过这个有趣的故事,我们可以看到在意大利和类似的资本主义国家里,劳动人民过得多么痛苦,斗争得多么英勇,同时我们相信,他们有一天将要和洋葱头他们一样,打倒反动的

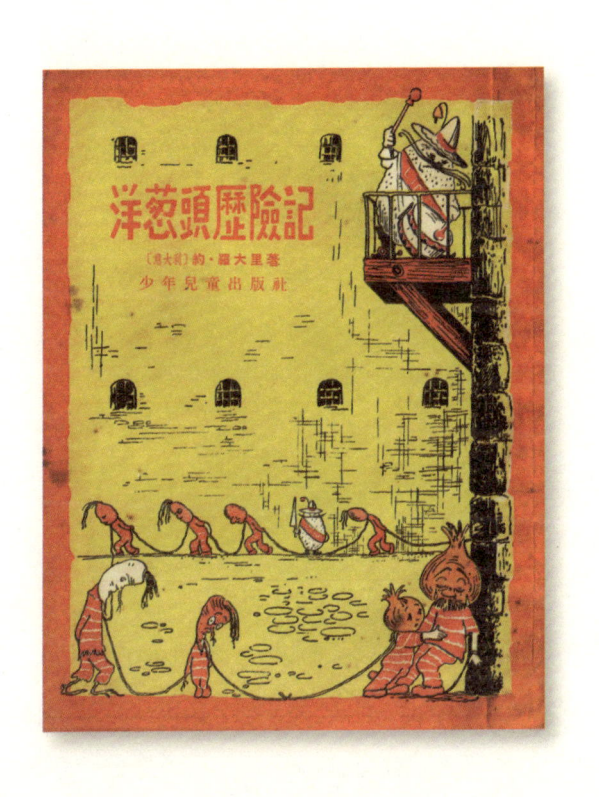

《洋葱头历险记》 少年儿童出版社1954年1月版

统治者，建立起自由的国家，过到幸福的生活。"

在书的扉页上，有原作者约·罗大里的一幅肖像，接着是中文译者根据意大利作家、世界和平理事会理事里昂·德·烈派企的文章，编写的《约·罗大里和他的〈洋葱头历险记〉》一文，似乎成了这本书的序言。文中写道："在意大利，大人小孩都熟悉罗大里的名字。年轻的共产党员，天才作家约万尼·罗大里曾经给孩子们写了许多美丽的诗，写了极感动人剧本。他的小说《洋葱头历险记》在意大利非常有名，它就发表在罗大里自己编的儿童报纸《少先队员》上。在罗大里这本小说里，童话的想象和现实紧紧地结合起来了。意大利儿童看到柠檬王的国家，就认出了今天的意大利。他们从心眼里同情洋葱头，同情他那无缘无故被关进监牢的爸爸。"

最后写道："我们要知道，意大利有多少小读者，他们的父母就是因为反对战争而被关进监牢哇！我们相信，我们中国的小朋友也会喜爱洋葱头的。在我们这儿已经照耀着幸福的太阳，可是意大利还沉浸在黑暗里。毫无疑问地总有那么一天，光明将照耀着洋葱头的祖国。"

这篇文章的后面，是《诗三首》，译者任溶溶有一个注释写道："《洋葱头历险记》这本书译成俄文在苏联发表以后，很受苏联小朋友们的欢迎。诗人萨·马尔夏克特地给书中人物写了几首诗，在广播电台上朗诵。这里三首译诗是从《火星》杂志上译下来的。"可见苏联老诗人马尔夏克也很喜欢这部童话作品。这三首诗是《洋葱头之歌》《老番茄之歌》《皮匠之歌》。诗写得也是又风趣又有童趣。

外国儿童文学范畴内的小说、故事或童话，其实没有很严格的区分。这是一部童话，也是一部儿童小说，或者说是一部儿童故事。它的写法有点类似中国古代的章回体小说，从第一回写到第十八回。每一回，还设有悬念，如第六回"耗子将军被迫后退"就写道："小读者们，你们一定急着想知道，被捉去关在城堡地下室里的人怎么样了。"如此才能引人入胜，让小朋友有兴趣读下去。

作者罗大里曾经给童话作过一个定义，他说："什么是童话呢？童话就是让大人有机会可以坐在小孩的身边。"著名儿童文学家梅子涵说："这是一句完全没有解释出什么是童话的话，但是却很特别地说出了我们今天想说的话。我们今天要说的话就是大人要和小孩一起读书，孩子因为大人在边上，结果有了聆听和阅读的机会。"这就是童话与大人和孩子的关系。

这本书中的钢笔插图很有特色，封面画也是趣味横生，洋葱头和他的伙伴们被绳索绑住手串成圈，在监牢里不停地走。高高在上的柠檬王仍然一个劲地催促他们"快走快走"，一副压迫者凶恶的嘴脸。

《洋葱头历险记》还未出版，《新民晚报》编辑李中原就对任溶溶说，这部童话可先在晚报连载。发行量巨大的晚报的读者，尤其是小读者，天天晚饭吃好，就等着看晚报了。

此书出版后，引起读者广泛反响。当年胡乔木同志就专门给少年儿童出版社来信，称："这是革命的童话。这本书孩子很爱看，也看丢了，这次我则在旧书店又买到一本。"在胡乔木的鼓励下，少年儿童出版社连续加印了五次。而它在世界各国，被译成了一百多种文字出版，是国际公认的儿童经典之作。

有一则轶闻。"文革"期间，任溶溶在干校养猪场劳动。有一天，工宣队头头叫他去，问他："你译过一本《洋葱头历险记》吗？"他回答说："译过的，早就交代清楚了。"那人说："好的，你走吧。"任溶溶也不明白，他译过那么多外国儿童文学书，为何唯独提问这书。后来有一位意大利朋友告诉任溶溶，说"文革"期间，罗大里曾以记者身份访问过中国，也来过上海，问起过他这本书的中国翻译者。原来如此，任溶溶恍然大悟。

新时期后任溶溶复出，重新走上译文编辑岗位，他把当年从俄文转译的《洋葱头历险记》，又用意大利文重译一遍。因为他在"文革"期间无所事事，自学了意大利文。此书直到现在仍然不断得以出版，深受读者欢迎。

一部拍成电影的儿童小说

《河上的灯火》原作者为苏联作家尼·杜波夫,创作发表于1952年,两位苏联画家为之配画,克·卡施契叶夫画了四幅铜版画插图,其余的钢笔插图由符·波加特金配画,任溶溶根据1953年的俄文版翻译,1954年8月由少年儿童出版社出版第一版,到1956年1月已第八次印刷,印数为77240册。1986年11月,该社把此书列入"少年文库"系列,出了第二版第一印,印数4100册。此后又进行了多次再版再印。

书后的封底上,"内容提要"这样写道:"有一个小孩子,理想远大,要做了不起的事情,可就看不起身边的平常事物。有一回他住到舅舅家去,也看不起舅舅的工作,因为舅舅管的是河上浮标,不是灯塔。有一天夜里狂风暴雨,浮标上的灯全灭了,舅舅一只手又受了伤。这孩子帮助舅舅划船到礁石的地

《河上的灯火》 少年儿童出版社1954年8月版

方,眼看舅舅高举手提灯,照着让轮船太太平平地过去。于是,他开始明白,许多工作虽然平常,却很重要。也只有做为别人需要、对别人有用的工作,才会得到真正的快乐。"

全书共分十章,第一章是"出门",开头就写妈妈和小廖丽雅给柯斯嘉送行,因为,小说的主人公柯斯嘉要去舅舅家度暑假,可以钓鱼啊游泳啊。第九章是"柯斯嘉,坚持到底呀!",情节更为紧张了,"舅舅高举了红灯,一下子,柯斯嘉的眼睛给照耀得张不开。他觉得轮船好像向他们开了一炮,只见那么晃眼的一道光射在水上和小船上。探照灯灭了。"第十章是"咱们还会见面的",结尾富有诗意:"又经过长着树木的阴凉河岸、金色的沙滩。迎着柯斯嘉,飘来闪闪发亮的水面、浅蓝色的道路。这条道路,他现在已经不再觉得它简单易走,可是也因为这样,它变得更加美丽了。"

作者尼·杜波夫的原名是尼古拉·伊凡诺维奇·杜波夫,1910年生于苏联乌克兰的一个工人家庭,1920年就开始学习写作了。1948年,他的剧本《门坎旁》获得优等文学奖,1951年发表儿童小说《在大地的边缘》,同样获得好评。此外,他还写了《孤儿》《严厉的检查》《海边的孩子》等一系列儿童小说。而《河边的灯火》无疑是一部优秀之作。

此书的封面上,是一幅铜版画,为克·卡施契叶夫所作。画面上,茫茫黑夜,河水翻涌,小船剧烈摇晃,随时有被浪打翻的危险,可柯斯嘉的舅舅临危不惧,在一只手受伤的情况下,

用另一只手,艰难地高举着航标灯,为来来往往的船只导航。这一幕,在旁边的小柯斯嘉看得目瞪口呆,深受感染,舅舅刚毅的不平凡形象,在他幼小的脑海里,仿佛扎根一样深刻,心里立誓长大以后,要像舅舅那样,做一个在平凡工作中做出不平凡业绩的人。

当初,尼·杜波夫的这部优秀小说在苏联被改编成电影剧本,并拍成了一部电影。

给孩子们写的诗

这本《好哇,孩子们!》,是意大利儿童文学家约·罗大里给孩子们写的精短儿童诗集。此书出版后,苏联的儿童文学作家萨·马尔夏克看到了,极其高兴,动手把意文版翻译成俄文版,由奥·维雷斯基插图,在苏联出版发行。任溶溶又根据1953年的俄文版,把它译成中文,由少年儿童出版社出版于1954年10月,首印数是9120册。

罗大里还应邀给这本俄译本写了序言,题目就是《给孩子们》。这篇序言就印在中文版的前面。开头就写道:

"我被嘱咐给孩子们说几句话,讲讲我自己,讲讲我的诗。一九四八年,我在米兰的意大利共产党机关报——《团结报》担任文学记者。这以前,我是一个小学教师,同时做党的工作。"

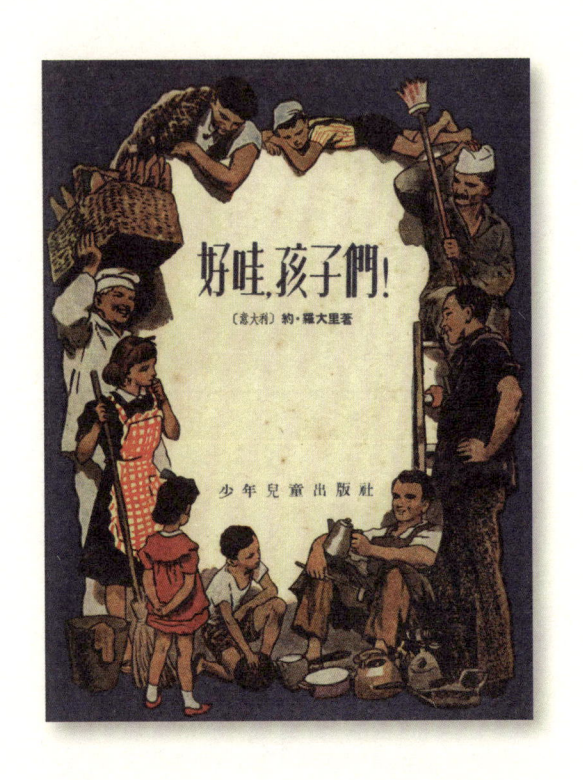

《好哇,孩子们!》 少年儿童出版社1954年10月版

接着，他谈道："有一回，报纸总编辑吩咐我给《团结报》的读者——意大利劳动人民的孩子写信写故事。我这就给孩子们写起东西来了。

"现在我随便到哪个意大利城市，总碰到念过我的诗、能背出我的诗的孩子。我尽力要知道哪些诗他们最喜欢，哪些诗他们不好懂，为什么，有哪些字他们不明白。我想教会这些孩子和平、自由、劳动、全世界人民的友谊等等字眼，同时我很高兴能使他们大笑，或者微笑一下。"

这本诗集共有三十六首童诗。几乎每一首诗都有诗人的生活和感悟。

比如《七巧》。有一次，作者所在的编辑部收到了一封来信，是一个妇女写来的，她在信上说："我住在一间又黑又潮湿的地下室里，我们已经好多年没住屋子了。我的孩子就在这地下室里长大，他的名字叫七巧。也给他写首诗吧……"于是，一首诗问世了："七巧的地下室，在阴沟边上／他睡一张吱嘎响、会动的床／一张凳加一张瘸腿的桌子／地下室破家具就这几样。"此后，他接连收到孩子们、父母们的来信。常常有一些信使他想起自己见过、亲身碰到过的事情。于是，他开始写新诗了。这就是罗大里写作儿童诗的起因。

因为罗大里的父亲是一位面包师，十岁就到离家很远的面包房里去当学徒，后来自己开了家小面包房。罗大里就在一袋袋面粉和煤之间长大。后来他就在《一行有一行的颜色》中，

写到了面包工人:"头发眼眉毛/好比蒙白霜/早上鸟儿还没醒/面包师傅起了床。"

再如《女佣人》,因罗大里的母亲八岁就进了纸厂干童工,后来进了织绸厂,再后来,在有钱人家里做了多年佣人。作者就有感而发,描述下了女佣人的生活和女主人的啰唆:"太太一天到晚/尽发主人脾气/衣服熨得不好/你这懒惰东西/地板没擦干净/窗子洗得不亮。"

他的笔下,有写天天扫垃圾,老了要像垃圾那样被人扫掉的《清洁工人》,也有写天天吃饱睡懒觉的阔佬的《大懒虫》,更有写儿童生活的《雪人》《环球的团团转舞》等。

在写诗过程中,还有这么一件事。菲拉拉城的市长是一位又有魄力又聪明的女共产党员,她发动大家送礼物给穷孩子,还在小包裹里夹进了罗大里的诗集。过了没几天,反动报纸猛烈地攻击市长,说罗大里的诗"煽动仇恨,违反教育"。对此,罗大里说:"你们看,在我们这里,就是这样说那些教育孩子痛恨战争的人的。可是别怕,不管在哪里,和平都更强、更有力。"

马尔夏克很喜欢罗大里的作品,从为其《洋葱头历险记》配诗,到动手翻译这本《好哇,孩子们!》。任溶溶不仅喜欢马尔夏克,也喜欢罗大里,便一本接一本翻译着两人的优秀作品,可见好作家的好作品会得到很好的传承。

这本儿童诗集里的每首诗,都配有题图和尾花,每一页都是文图相间,活泼可读。儿童诗的可读性,就在这些充满儿童气的诗句和有趣的画里。

独特的
《两只笨狗熊》

在我见到的任溶溶早期几十种外国儿童译著中，这册《两只笨狗熊》是一个"另类"，它有着诸多独特之处。

独特之一，译者任溶溶没有使用他长期用的笔名"任溶溶"。他的原名叫任根鎏，本名叫任以奇。他的第一个女儿，名叫任溶溶，他很喜欢这个女儿，碰到自己喜欢的译作写好了，一高兴，就署上女儿任溶溶的名字，时间一长，这就成了他的笔名。以致后来有人上门找任溶溶，家里人总要问一声，是找大任溶溶还是小任溶溶。写给他的信，也写着"任溶溶大姐姐""任溶溶阿姨"，闹出不少笑话来。不知为什么，这本书他却用了一个与他的本名相似的笔名——"伊奇"。

独特之二，以往任溶溶翻译外国儿童作品，前面是原作者，原插图者，再就是他的笔名"任溶溶"，这清楚地说明，译者就

《两只笨狗熊》 少年儿童出版社1955年3月版

是任溶溶。这次在"伊奇"后面,增加了两个字"改写"。封二的版权页上,有两行文字,写着"伊奇根据苏联阿·克拉斯诺娃和符·瓦日达叶夫的俄文译写本改写"。这"改写"两字,与"翻译"有什么区别吗?我想,原作是一则匈牙利民间故事,两位苏联人把这匈牙利文译成了俄文,任溶溶再依据俄文版,用中文来转述故事内容。他就谦虚地说自己不是直接翻译,而是对俄文的改写吧。

独特之三,这是一本图画非常漂亮的童书。原书上印着"叶·腊乔夫绘图,郑谷音描绘"。在以往的童书中,一般都直接用原图印制,并注明画家的姓名。当年是没有版权一说的。有可能是,原图不够清晰,需要中国画家按照原图,重新绘制。如果把一页纸横向一分为六的话,下面的两行文字,只占了六分之一,上面大面积是一幅画面,且是全彩色的,绘图者的辛劳自然功不可没。

独特之四,这册童话书,是文字极少的一种,一共才十一页,每页两行字,字体大大的。全录下来,也没有多少文字:

"有一位狗熊妈妈,生下了两个娃娃。两个娃娃在林子里跑,看见一块大干酪。这一来他们真开心,就是害怕干酪分不匀。他们又是争,又是吵,这时来了狐狸大嫂。她说可以帮帮忙,把干酪分得两块一个样。狐狸把干酪拿起来,一下子把它两分开。两只狗熊连忙叫:'不行!一块大,一块小!'狐狸说:'这块大,我咬它一口吧!'狗熊大哥就叫:'现在那块小的变大啦！'狐狸说：'那块大，我咬它一口吧！'狗熊弟弟就叫：'现在这块大的变小啦！'狐狸一口一口又一口，两块干酪小得好像手指头。狐狸说：'你们吃得虽然少，两块干酪却是一样的大小。'"

全文加标点符号不足二百五十字，是我见到过字数最少的一本童书。

这本书，在版权页上的书名后，印着一个带括弧的"低"字，说明是写给低幼儿童的读物。少年儿童出版社于1955年3月初版，到1959年9月第7次印刷，印数已达229220册。这惊人的印量，当年让多少孩童受益啊！1984年7月，少年儿童出版社又再版此书，首印71000册。注明是少年儿童出版社的原版本再版，却印了"全超改编、龚建庆复制"，全没了六十多年前的那些原作者、原译者的名字。而那个年代这册图画书的原版本，现在已遍寻不到，可说珍贵之至，成了"绝唱"。

《6个1分》讽刺懒学生

《6个1分》是苏联著名儿童诗人马尔夏克的又一种单行译本,横开式的儿童读物,只有薄薄的二十八页。它的副题是"一个小学生的故事",库克雷尼克塞绘画,任溶溶根据1955年的苏联原版本翻译,1956年2月由少年儿童出版社出版,第一次印数就十分惊人:120000册。我起初以为自己多看了一位数字,仔细再看,确实是12后面有四个0。这样的首印数,现在是不可想象的,是一个让出版方和作者双赢的喜数,用"欣喜若狂"来形容也不为过。

过去的儿童读物,还细分读者的年龄层次。比如这本《6个1分》,在版权页上的书名后,有一个括弧中的"高"字,说明此书适合小学高年级的学生阅读。

这是一首儿童讽刺诗。我数了一下,共有八十二行诗句,

《6个1分》 少年儿童出版社1956年2月版

诗句都排在每一页的下面，有的两句，有的四句，字体大而疏朗，给人以舒适的阅读感。上面五分之四的空间，是一幅彩色钢笔画，画面硕大且十分清晰，也是非常适合小朋友读者的阅读。封面图上，书名位于中心部位，十分亮眼，表现出小学生梦醒后的一瞬，感悟到路在脚下。如果说儿童书籍的出版，能从"以人为本"的理念出发，多为儿童着想的话，这种版式形同一本全彩连环画，不失为出版物的一种学习楷模。

诗歌开头写道："有一个学生回到家里／连忙把本子藏进抽屉／妈妈忽然问：本子呐？／没法子，只好拿给她。"全诗写这个小学生，在学校里做功课，连续得了六个一分，惹得爸爸、妈妈十分生气。妈妈叹气道："拿走这可怕的练习本，马上去睡觉！"这个懒学生在床上做了一个美丽的梦，什么难题都迎刃而解了，可是，"第二天早晨六点钟／连忙跳下床／练习本还在椅子上／跟昨晚一样……"最后这几句诗说明，梦总是梦，不努力不会改变现实。

书的最后一页，有《译者的话》，写道："这本书的作者萨·马尔夏克、绘图者库克雷尼克塞，都是得过好几次斯大林奖金的作家和画家。库克雷尼克塞实际是三位画家合用的署名，一个叫姆·库普梁诺夫，一个叫普·克雷洛夫，一个叫恩·索柯洛夫。在苏联伟大的卫国战争年代，萨·马尔夏克和库克雷尼克塞合作，创作了许多有力地打击了敌人的讽刺诗画。这本《6个1分》，是这四位老朋友再度合作，为孩子们写的新作品。"

接着,译者又说:"书中有几个字眼,译者因为没法照原文直译,作了一点改动,现在说明一下。第五页里的那棵树,照原文译应该是猢狲面包,可是在中文不会使人联想到鸟类,就改成和猢狲面包这种树相似的吉贝。"译者一共举了三个例子,都在说明译者改译的理由。我想,这正是译者的高明之处。任溶溶多次谈到自己的翻译,为了便于中国小朋友读者的阅读,为了把原文意思改换成中文后,更流畅更明白,在不破坏原意的前提下,他不得不把原文的意思作变通的处理。这种翻译的方法,可能是任溶溶在长期翻译的实践中,不断摸索总结出来的,是务实而有效的一种译法。中国翻译,历来有直译和意译两种,任溶溶将两种译法灵活地运用在一起,显出了他独特的翻译技巧,这足以给当代翻译以新的启迪。

薄薄的《麦秆牛》

这本书名叫《麦秆牛》的外国文学译著，是乌克兰民间故事，由苏联的阿·聂查叶夫译成俄语，任溶溶以"米里"的笔名，进行中文译写，苏联画家特·马大利娜绘画。少年儿童出版社1956年9月出版，首印数36000册，也是一个了不得的印量。

这是一篇很短的民间小故事，全文不长，照录如下：

"从前有一对老夫妻，他们很穷，什么牲口也没有，就用麦秆做了一只牛，在它身上涂上焦油。老太婆每天到田野上去放牛。

"第一天，一只狗熊走来，问麦秆牛：'你是谁？'麦秆牛说：'我是麦秆牛，身上涂焦油。''我被狗抓伤了，给我点焦油补补伤口吧。'麦秆牛不响。狗熊硬抢焦油，给粘住了。老太婆、老头儿捉住狗熊，把它关在地窖里。

《麦秆牛》 少年儿童出版社1956年9月版

"第二天,一只狼走来,问麦秆牛:'你是谁?''我是麦秆牛,身上涂焦油。''我被狗抓伤了,给我点焦油补补伤口吧。''拿吧。'狼拿焦油,也被粘住了。老太婆老头儿捉住狼,也把它关在地窖里。

"第三天,一只狐狸走来,问麦秆牛:'你是谁?''我是麦秆牛,身上涂焦油。''我被狗抓伤了,给我点焦油补补伤口吧。''拿吧。'狐狸拿焦油,也被粘住了。老太婆老头儿捉住狐狸,也把它关进地窖里。老头儿要杀死狗熊,拿它的皮做大衣。狗熊说:'别杀我,我给你蜂蜜。'老头儿要杀死狼,拿它的皮做帽子。狼说:'别杀我,我给你羊。'老头儿要杀死狐狸,拿它的皮给老太婆做领子。狐狸说:'别杀我,我给你鸡、鹅、鸭子。'

"老头儿就把狗熊、狼、狐狸放走了。天还没亮,狗熊敲门送蜂蜜来了。狗熊刚走,狼赶着羊来了。狼刚走,狐狸赶着鸡、鹅、鸭子来了。从这时候起,这对老夫妻就过起好日子来了。"

这则短短的故事,简单地阐述了"善有善报"的道理。当然,世界很大,情况复杂。世间会有这种以善心报答善心的好事。但也有"农夫与蛇"的故事,也有"东郭先生"的故事。每一个来自民间的童话,都寓意着一个生活的哲理。但愿人间有更多《麦秆牛》这样的好事,连动物也那么信守诺言,让天下的老人都可以安度幸福晚年。

《麦秆牛》的开本,比一般正方形的书略长一点,比32开的书又略短一些,不大不小,正适合儿童阅读。此书最大的特点是单薄，只有五六百字，一共只有十二页，加上封面、封底、封二、封三，也仅有八张纸。写这本书，是我难得照录全书的文字。而每一页不多的文字，却配一幅大大的画，或两幅稍小的画，全部彩色印刷，是一本标准的彩色图画书。这样的书，才能吸引儿童。当然，也会吸引家长为小孩购买，因为它一定是价廉物美。此书在封底的版权页上印着：定价：（道林纸本）0.14元。如此优质纸张印出的书，只售一角四分钱。我想，如今的出版企业，面对这么薄的书，大概不会有出版的热情和动力。所以说，这样薄薄的版本，是童书最后的绝版了，是那个年代最后的辉煌，留存至今，堪称珍本无疑了。

此书封面也有特色，画面中间是一只非常可爱的稻草狗，四周簇拥着的是羊、鸡、鸭等小动物，以及环环相连的好看的花卉。

没有译完的
长篇小说

　　任溶溶很少译长篇儿童小说。而他确实译过一部很长的长篇小说,书名叫《瓦肖克和他的同学们》。此书由中国青年出版社 1957 年 7 月初版,首印 15000 册。原作者是苏联作家瓦·奥谢叶娃,恩·彼特罗娃插图。

　　书前有"内容提要",说《瓦肖克和他的同学们》全书共三部,第一、二两部曾获得斯大林文学奖金。这三部书虽然情节是连贯的,但是各部都有头有尾,可以独立。现在这个译本是第一部。主要写的是同学间的友谊。彼加是一个四年级的学生,功课很差,他的好朋友马静,为了不让老师问他问题,把教室里的粉笔藏了起来,弄得全班秩序大乱。下课后,因为丢了粉笔,两个值日生——瓦肖克和萨沙吵翻了。瓦肖克还出口伤人,连解劝的人也被他揉了一把。这个情景让墙报编辑柯里雅看不

《瓦肖克和他的同学们》 中国青年出版社1957年7月版

下去了，尽管他跟瓦肖克很要好，结果还是写了篇文章批评他。瓦肖克固然怨他不讲交情，就是别的许多孩子也都说他不够朋友。马静和彼加心里过意不去，马静跑去安慰瓦肖克，彼加偷偷地把柯里雅那篇文章里"瓦肖克"的名字通通涂掉。这一来，大家认定名字是瓦肖克涂的，更不满意他了。可是瓦肖克死也不肯说出不是他自己干的。最后辅导员和老师召开了一次中队会，这才把真相弄明白了。老师告诉大家，友谊有真有假，假的友谊不但不是帮助朋友，反而害了朋友。

这本小说共分四十章，不仅故事复杂紧张，引人入胜，而且写出了几个很鲜明的人物形象，像瓦肖克，已经成为苏联小学生当中一个亲密的朋友了。

书的最后，有一篇译自《获得斯大林奖金的作家们》的文章，标题是《关于作者》，较为详细地介绍了作者奥谢叶娃，以及这部儿童长篇小说。说她不仅是个天才的作家，而且还是有才干、有经验的教育家，她大半辈子都献身于教育流浪儿童这个艰苦而崇高的事业。

作者的俄文原名很长，叫瓦莲丁娜·亚力山德罗夫娜·奥谢叶娃，1902年生于基辅，在伏尔加河一个大城市里度过她的童年，并在基辅读完私立中学。父亲是个建筑工程师，母亲是报社校对员。十月革命后，她对戏剧产生兴趣，进了基辅一所学院的戏剧系。后来她到了莫斯科，在儿童公社和流浪儿童教养院里，当了十七年教师，同时研究儿童心理，并爱上了儿童文学。她写诗，写故事，写小说，出版了《有魔力的话》《爸爸的短外衣》等。而她最受读者欢迎的，便是长篇小说三部曲《瓦肖克和他的同学们》。写史诗式的作品，通过历史的辉煌场面，反映出我们那些孩子的思想、期望和顾虑，反映出他们所想的和所做的，奥谢叶娃的这个三部曲是第一个成功的尝试。这部小说的创造性意义就在这里。奥谢叶娃树立了真实鲜明的正面人物形象，小读者们将学习他们，把他们当榜样。这就是这部书的阅读价值。由于这一著作，奥谢叶娃获得了斯大林奖金。

这个类似附录的文章，是这部作品的一个导航，让读者很清晰地投入阅读。我读书，常常先读序言或后记，对这本书有了初步的了解，再深入阅读全文。因为是鸿篇巨制，如果没有这一介绍文字，阅读时就会盲目，不得要领，效果也会大打折扣。而且，过了若干年，后人阅读或研究这部作品的时候，这些文字就是不可缺少的信息资料。文史的积累，就是通过这些书籍本身内容以外的文字，让后人知道更多的出版细节。

出版此书时，已是20世纪50年代后期，中苏关系开始由暗斗而转向明朗化。也许这一原因，苏联的文学作品就无法翻译出版了。这个三部曲作品，任溶溶翻译出版了第一部，第二部只译了一半，就再也没有继续下去，手稿至今还搁在家里。这是出版史上的一个遗憾，也是读者的一个损失。

还有一句题外话。我的这本《瓦肖克和他的同学们》从旧

书店中淘得时，见扉页上有几行竖写的毛笔字："送给李萼同志，共青团《云南日报》编辑部团支部，一九五七年十月十四日。"这说明当年，团组织把这本优秀读物作为奖品哪！

盖达尔和"铁木儿运动"

在任溶溶翻译的外国儿童文学作品中,有一部小说不但在苏联,而且在世界许多国家,都拥有热心的读者。这部书的书名就叫《铁木儿和他的队伍》。原作者是苏联著名作家阿·盖达尔,由阿·叶尔莫拉叶夫绘图,少年儿童出版社出版于1958年4月,首印数就达到了11000册。到第二年的11月第六次印刷,印数已是78000册了。1978年1月,上海译文出版社再版此书。2018年8月,中国中福会出版社将此书列入"任溶溶童书译作丛书"再次出版。还有多家出版社推出多种连环画版本行世。

此书在版权页的上端有"内容提要":"这是苏联作家盖达尔写的一本小说,讲铁木儿和他的伙伴们组织了一支队伍,暗中帮助军烈属做事,充分表现出苏联小朋友热爱祖国、热爱劳动的优秀品质。不但在苏联,在许多国家都有千万儿童学习他

《铁木儿和他的队伍》 少年儿童出版社1958年4月版

们的做法，掀起了'铁木儿运动'。"

接着一页是作者的肖像，下面有作者的签名字体，标示"阿·盖达尔（1904—1941）"。这就说到了这部书的作者。他的全名叫阿尔卡季·彼得洛维奇·盖尔达，出生于苏联库尔斯克省的一个教师家庭，十四岁加入俄共（布），1918年，身材高大的他谎报年龄参加了红军，从指挥员培训班毕业后进入前线，先后任营长、团长，后因健康原因，弃武从文，以笔代枪。他从1925年开始创作，十多年中为少年儿童创作了二十多部作品，成为儿童文学的经典作家之一。1939年创作的《铁木儿和他的队伍》，为他赢得了至高荣誉。"铁木儿"成了苏联儿童作品的代名词，全国掀起了"铁木儿运动"——少先队员自愿帮助老战士和中老年人的运动。之后，他作为《共青团真理报》特派记者重返前线，进行采访报道。1941年秋，他和游击队被敌人包围，不幸英勇牺牲。他不但是一位优秀的儿童文学作家，更是一位勇敢的红军战士。为此，苏联政府把许多地名、街道、学校等，以盖达尔命名，还发行了特种邮票，以纪念这位人民爱戴的苏联伟大作家。

苏联曾出版过"盖达尔四卷集"，《铁木儿和他的队伍》就是选译自其中的第三卷。在此书的后面，有一篇《关于这本书》，也选译于这卷，主要写了这本书的写作背景及相关创作情况。盖达尔为了写这部小说，经过观察，将身边认识的男女小朋友组成了一支队伍，自称司令。据作家巴乌斯托夫斯基回忆，

在这书出版前两年，有一次他儿子患重病，正巧盖达尔来看他，知道这一情况后，立即打电话回家："请把我院子里的男孩子都叫来。"很快，十来个男孩赶到，盖达尔向他们布置任务，按纸片上写的，到各个药店去找药。果然，一种叫"红霉林"的药被找到并购回，患病孩子很快痊愈了。盖达尔用游戏式的团队，吸引了孩子们，所以，他能创作出《铁木儿和他的队伍》这样的小说。

在写这部小说前，盖达尔首先写出了铁木儿题材的电影剧本，并刊登在1940年第七、八两期《少先队员》杂志上，同年拍成影片上映，引起轰动，铁木儿一下子成为苏联孩子最欢迎、最喜爱的人物。报上出现一篇篇文章，大家热烈地谈论着这部新影片。接着，他开始写铁木儿小说，起先的书名叫《冬康》，同年八月完成，九月至十月在《少先真理报》第四版连载，同时在中央广播电台广播。1941年初出版小说单行本，连续加印三次，供不应求。在苏联，还没有哪本儿童读物像这本书这样，对读者产生这么大的影响力。在城市和乡村，在少先队，在学校，在家家户户建立了铁木儿的队伍，开展了铁木儿运动——千千万万儿童的爱国主义运动。在伟大的卫国战争年代里，铁木儿队员把盖达尔书中那些为他们所热爱的人物作为榜样，学习他们的做法，尽自己的力量帮助苏军家属。正如《少年真理报》所说："千千万万少先队员和小学生学习铁木儿和他的同学们，用高尚的工作帮助大人进行反抗法西斯强盗的艰苦斗争。"

此书中间有四幅素描插画。封面却是线描钢笔画，有点卡通的味道。画的都是铁木儿队伍中的小孩，人物虽小，却栩栩如生，可见苏联画家精湛的绘画功力。

《小驼马》中的伊凡

任溶溶根据苏联1953年的俄文版,翻译了彼·叶尔萧夫的这部《小驼马》儿童寓言长诗,这是他为数不多的长篇童诗译著,也是应约第一次在上海文艺出版社出版译著,出版年份是1959年4月,首印10000册。

书前"内容提要"中说:"本书是俄罗斯诗人彼·叶尔萧夫根据民间故事主题,用民歌格调写的童话诗。故事内容写一只小驼马怎样帮助聪明、正直、善良的'傻瓜'伊凡战胜了国王和贵族的黑暗势力。叶尔萧夫通过俄罗斯民间故事中大家熟悉的典型'傻瓜'伊凡,歌颂了俄罗斯人民的智慧和力量,并且辛辣地讽刺了沙皇、贵族和官吏们的暴虐和愚蠢,为童话诗创造了新的主题。"

这部长诗分为第一部、第二部、第三部,三个部分不分主

《小驼马》 上海文艺出版社1959年4月版

题,围绕小驼马对伊凡的帮助,一个个故事往下讲,如同听评弹、说书一样,我们跟着讲故事人的叙述,就能读完全书。第一章的开头就是:"咱们就把故事讲起来/不说天上我说人间/说个村子它在天边/离着咱们山隔山/大海森林连不断/村里老汉有儿仨/绝顶聪明要数老大/老二不乖也不傻/老三是个大傻瓜。"这个老三,就是诗中农民的儿子伊凡,他值夜班时,"半夜他猛抬起身/哪来一阵马叫声/手搭凉棚看了看/咱们伊凡第二天/三个洋葱带身边/衣服穿得暖和一点/翻身坐到驼马上面/马上启程上远方/听众,我歇歇再讲。"他找到了火鸟和美姑娘,但国王却据为己有。第三章写道:"话说咱们小伊凡/上大洋去找指环/驼马跑来像一阵风/单说它头一天路程/一口气跑万把里/也不停下透口气。"伊凡成了王后的丈夫:"爱戴爱戴大家喊/跟进地狱也情愿/为了让你幸福无量/我们推举伊凡为王。"伊凡在神异的小驼马和姑娘帮助下,战胜了贪婪和愚蠢的国王,取得胜利。这一切,小驼马的功劳甚大。

作者彼得·帕夫洛维奇·叶尔萧夫(1815—1869),俄罗斯诗人,生于西伯利亚,从小熟悉俄罗斯民间故事。他在莫斯科大学读书时,就非常喜欢普希金,读了《普希金童话集》后,深受启发,并萌生了创作《小驼马》的构思设想。1834年,这一作品创作发表后,得到了普希金的大力称赞,并先后被改编成芭蕾舞剧、电影和动画片。

寓言多是让小朋友读后明白一些做人做事的道理,虽然语言浅易，意义却深刻明白。这就是寓言的无穷魅力。

这部寓言长诗还有一个亮点，就是书中有六幅整版的彩色插图，是彩色水粉画，画得非常细腻逼真，手法娴熟，不是一般画家可为之。书中没印出画家的名字，我估计是原版书上的原插图。那时不讲版权，也就不在乎画家的姓名了。不过，仍要为画家的精湛绘技表示由衷赞叹。

2015年3月，浙江少年儿童出版社出版了《小驼马》的注音版图书，将它介绍给更多的小读者。

儿童爱读寓言诗

20世纪50年代末,是任溶溶翻译苏联儿童文学的最后时光了。因为国际形势风云突变,中苏关系大逆转,苏联的文学作品也成为国内出版禁区了。1959年这一年,他先是完成了彼·叶尔萧夫的《小驼马》的翻译出版,时隔两个月,于当年六月,翻译了《谢·米哈尔科夫寓言诗》,由人民文学出版社出版,印数为18000册,这是任溶溶在该社出版的第一本外国儿童文学译著。

集子中共有四十一首寓言诗,是首首精彩,句句发笑。

请看《狗熊起誓》:"狗熊居然去偷野蜂的蜜吃/这倒霉鬼竟不怕刺/结果他给刺得肿成一个怪样子/于是一个大好消息/一下子就传到一群蜜蜂那里/说是狗熊起誓不吃蜜/蜜蜂别提多么高兴/又叫又打转:/蜜蜂安全有了保证!/咱们不用再提心吊胆!"

謝·米哈尔科夫寓言詩

任溶溶譯

《谢·米哈尔科夫寓言诗》 人民文学出版社1959年6月版

再看《光说不做的公鸡》:"一只公鸡老是失眠,养成怪脾气/每天早晨比什么人都早起/没到点就叫醒其他的公鸡/你一声我一声大伙喔喔啼/马套车子一天下来累坏了/没休息好就给叫得醒来了/狗在梦中一个哆嗦,睁开眼睛/大牛小羊听见也都赶快起身/公鸡大叫:起来,你们这些大懒虫/再不起来你们就要睡过时辰。"

小朋友爱读有故事情节的寓言诗,一般诗中以大自然的动物、植物等为描写对象,通过拟人化的修辞手法,有趣、生动、形象地阐明一些做人或做事的道理,让小朋友们在哈哈大笑中,受到有益的教育和启发。

此书后面,有译者写的《译后记》,用了较大篇幅介绍了原作者谢尔盖·弗拉基米罗维奇·米哈尔科夫。他1913年出生在莫斯科,1930年念完中学,十七岁参加劳动,在莫斯科一个纺织厂工作了三年,参加过地质调查队,到过哈萨克斯坦东部和伏尔加河流域。他1928年开始发表作品,1935年进入苏联作家协会主办的高尔基文学研究所学习,在党的培养下,经过长期刻苦学习和摸索,终于找到了自己的创作道路,写出深受儿童喜爱的诗歌。由于这些儿童诗,他获得了1941年的斯大林奖金。1942年,他的电影剧本《前线的女友们》,第二次获得斯大林奖金。1943年,他和作家艾耳·烈吉斯坦合写了苏联国歌。1950年,他的剧本《伊里亚·高洛文》和《我要回家》(后改编为电影《他们的祖国》),第三次获得斯大林奖金。卫国战争后,受阿·托尔斯泰的影响和鼓励，他积极从事寓言诗的创作，这些寓言诗题材是多方面的，诗中揭露和嘲笑人们思想意识中存在的资本主义残余，自高自大、自私自利、吹牛拍马、官僚主义等。同时，他利用讽刺文学这个有力武器打击敌人，打击帝国主义者和它们的仆从。集子中的不少寓言诗，是抨击美帝国主义的。因为他能正确地选择"目标"，同时又能正确地选择艺术手法，能够将讽刺的火力准确地射中目标。由于在文学及军事上的贡献，他荣获了列宁勋章、红旗勋章、红星勋章等。

最后，译者任溶溶说："至于译诗，是按照原诗格律译的。有些地方，为了适合我们的习惯，一些诗行作了调动。这些诗主要是根据苏联莫斯科国家文学出版社1958年出版的《谢·米哈尔科夫寓言诗》选译的。"

这一段文字说明，任溶溶的翻译，依据的是原作，但是从中国读者的阅读习惯出发来翻译，因为这是给中国人看的读物。

此书是窄小的开本，扉页有原作者的肖像照片，版权页上面有两行字："封面画：库克雷尼克塞，插图：拉乔夫。"封面是《兔子和乌龟》一诗的彩色配画，书里面有五幅全彩全幅插画，可见画插图的拉乔夫的绘画能力之强。好诗配好画，锦上更添花。

一本五彩的书

当我在旧书摊一眼看到这本《给小朋友的诗》，立刻弯下腰，把它紧紧抓在手上，生怕逃了似的。尽管这书的品相不尽如人意，但不拿下会后悔，会耿耿于怀。过往这样的教训多多。

这是苏联著名诗人萨·马尔夏克的一部诗集。任溶溶翻译，少年儿童出版社1959年9月第一版第一次印刷，印数6000册。前面的两面扉页上，一面印着马尔夏克的肖像，另一面印有"内容提要"：

"这本书的作者萨·马尔夏克，是苏联一位老作家，生在1887年，已经七十多岁了。这位老人家写了半个多世纪的作品，为大人写，为小朋友写，写诗，写剧本，翻译书。在苏联伟大的卫国战争时期，他用讽刺诗这个武装狠狠地打击敌人。我们小时候可以读到他写给小朋友的诗，等我们大起来，又可以读

《给小朋友的诗》 少年儿童出版社1959年9月版

到他写给大人的诗,所以他是我们一辈子的老师和朋友。在这一本五彩的书里(不但图画是五彩的,那些美丽的诗也是五彩的),收进了十多首诗,都是他为年龄比较小的小朋友写的。大家读了这些诗,就开始读到这位老爷爷的作品了。萨·马尔夏克老爷爷热爱中国儿童,他特地为中译本写了一篇序,给我们中国读者讲了很宝贵的话。"

那我们就来看看,马尔夏克这篇刊在书前的《给中国读者》写了些什么内容呢?他写道:"我亲爱的朋友——中国的读者们:我真高兴,我写的童话和诗能够在你们的国家被人读到,有新的中国的读者通过翻译读到我的诗,我该有多么高兴。你们的国家又古老又年轻。你们的国家有伟大的古代文化,又充满了青春活力,怀着壮志,要在国土上建立幸福的、合理的新生活。中国读者们,世界上最年轻的国家的年轻一代,我衷心地向你们致敬。"一个外国著名作家,知道自己的作品被译成读者无数的中文,欣喜之余还提笔给中国读者写来热情洋溢的信,这恐怕是难得的,也是非常有益的。

出版物上的"内容提要",一般是编辑或作者所写,虽然文字不多,却提纲挈领,要言不烦。而任溶溶翻译的外国文学作品的内容介绍,看行文风格,就是任氏风味,大多出自他自己之手。这篇介绍更是风格鲜明,还富有感情。因为,他非常喜欢这位苏联诗人,他对作者和原作都非常了解,由他来写作品的内容提要,是再合适不过的人选了。

译者在版权页的上部，写有几行说明文字，说这个译本参照苏联1956年的俄文原版书及其他一些单行本编成，译文曾经根据作者的四卷集校订过，应该说，这个译本已经很完善了。

这本书除了文字，最大的亮点，就是译者所说的"五彩"。书的开本为大32开，一百八十六页，有七位画家为十五首不算太短的诗配画。每一页都有画，有的一整页不印文字，而是一幅大大的画。所有的画全部彩印，这等同于一本彩色图画书了。这样的儿童读物，怎能不吸引儿童看呢，连大人也会看得津津有味的。感到可惜的是，印刷用的纸张过于差劲了，是一般的新闻纸，时间稍长就泛黄变脆。如果用好一些的道林纸或铜版纸来印，这样的书流传百年也不成问题。那样的话，好书就能实现另一个功能——成了一种珍贵的收藏品，让下一代或再下一代的读者也能读到很久以前出版的优质儿童书了。

最后，我想说说译者与作者。这也是非常有趣的文坛掌故了。20世纪70年代末，复出后的任溶溶到新成立的译文出版社执编《外国文艺》。一天，主编汤永宽从少儿社开会回来，对任溶溶笑着说："我刚知道，你是中国的马尔夏克啊。"原来，他在那里的墙上看到过去"文革"中的一条旧标语（虽被石灰水抹过，时间一长又隐隐显出来了），是"打倒中国的马尔夏克——任溶溶"，任的名字上，还打上了叉叉。到了晚年，任溶溶写有《马尔夏克和我》，文中谈及往事，说："给我的这个封号我绝不敢接受，太抬举我了！我是马尔夏克的景仰者，我和

他的确有缘,从解放前夕到上世纪60年代初,我一直在翻译他的作品。"

1949年9月,任溶溶第一次翻译了马尔夏克的长诗《密斯脱特威斯脱》,由时代出版社出版。接着又翻译了他的《给新少年讲讲旧日子》《对留级生说的话》等。任溶溶有一个苏联朋友叫加托夫,他把任的中文译著送给马尔夏克,老马看后十分高兴,还让加托夫读一首给他听听,听后老马兴奋地从椅子上跳了起来,连说对对,就是这种节拍、这种韵律。加托夫写信把这一切告诉了任溶溶,着实让他高兴了好一阵子。以后,任溶溶翻译老马作品的热情更高,还应出版社要求,译了一部《马尔夏克诗选》,不料交稿不久,中苏关系破裂,这部书稿就石沉大海,杳无音信了。整个20世纪50年代,是任溶溶翻译外国儿童文学的高峰。这部《给小朋友的诗》,是50年代末任溶溶翻译出版的最后一本译著了。前些年,浙江少年儿童出版社出版了任溶溶翻译的《马尔夏克儿童诗选》,近年又出版了包含马尔夏克、普希金、马雅柯夫斯基、楚科夫斯基、巴尔托·米哈尔科夫、罗大里、米尔恩等八位诗人的代表作品集结《如果我是国王》,总算弥补了他早年心中的缺憾。

后 记

韦 泱

多年前,我就想以书话的形式,写一本书,书名也早想好了,就叫《任溶溶童书秀》(即本书)。可是,因为上班一族,杂事缠绕,分身无术。今年,我挂甲退食,喜不待言,我想做的事情可以着手做了。这本书,就是我要做的头一桩要紧事。

从小,我就喜欢看任溶溶先生的书,尤其是他翻译的外国儿童文学作品。那时我很小,大概还在读小学三四年级。年幼的我,当然还不认识已是大名鼎鼎的翻译家,但这无碍我认认真真读他的书。无论是翻译还是创作,他的书,如童话译著《猎人的故事》,童话创作《没头脑和不高兴》,都让我在课余时间看得津津有味。有时还情不自禁、旁若无人地哈哈大笑起来,弄得同学们受我感染,也把头凑了过来,好像书里有什么"西洋镜"似的。那时还没有"粉丝"一说,喜欢就是喜欢啊!

二十多年前，我已人到中年，忽然开始热衷于地摊淘书。虽然专找现代文学的旧书旧刊，但常常与任溶溶先生的儿童题材书籍不期而遇。也许他的书读者广，印得多，那时是不难找寻的。现在要觅一本他的旧书，可就不那么容易得手了。他的童书，那封面可爱而漂亮，是吸引我眼球的理由之一。我就顺便一本本把它们淘了回来，藏在书柜秘不示人。

后来，我在写作现代文学书话时想到，我国许多著名作家，其实都译过外国优秀儿童文学作品，如鲁迅译的《表》，赵元任译的《爱丽丝漫游奇境记》等，这儿童文学翻译，也是现代文学翻译史的重要一脉哪，我也得抓紧，不能放弃淘觅外国儿童文学的翻译版本，并作为自己深入研究的一种可能。日复一日，积少成多。一天，在家整理旧书，竟找出几十种任溶溶先生的旧译，铺在书桌上，花花绿绿的一大堆。我好生欢喜，就萌生了写书的想法。我想静下心来，把这些旧译一本本重新读过，然后一本本写写这些书。写书中的有趣故事，写书中的精美封面和插图，写书的原作者和出版掌故，也写任溶溶对自己翻译这些作品的轶事及甘苦等等。总之，轻松而又好玩地说说这些已经出版了许多年的珍贵旧籍。

我的选择范围，是任溶溶从20世纪40年代后期开始翻译起，一直到50年代末为止。在我的眼里，这段时期出版的书，到现在可称为旧书。因为，时光已漫过半个多世纪了。从时间上来说，经过岁月的沉淀，书页已然泛黄，甚至变脆，不堪翻动。但

韦泱在阅读

它们没有随着时间的飘逝而过时，相反，这些书常常被读者所怀念。而且时间愈久，念想愈甚。从文学翻译角度上说，任溶溶像一位长跑运动员，其儿童文学翻译，持续了七十多年，其译著作品数量之大，质量之优，在我国翻译界，是独树一帜、无人比肩的。从20世纪40年代末，他以自办的朝华出版社的名义，出版"华尔·狄斯耐作品选集"的六种单行本起，先后问世的有七八十种之多。这些作品，经过"文革"十年的空白期后，到目前为止，仍在被各家出版社不断再版重印，并且印数巨量。不能不说，他的作品经得起历史的考验和读者的考验。

由此，我选择五十种任溶溶先生的早期外国儿童文学译著，开始按照每本书的出版年份，写作这本书话集。这是为了重温那些年我的阅读过往，也是为了留下这些书的出版记忆。每一

篇书话文章,配一幅原版本的封面书影。我想,我争取尽可能真实地还原当年这些书出版的初始状况,它的精彩内容,它的版本变迁,它的作者、译者以及画家和装帧者。借此增加我对旧书的怀想之情,也借以了解这些书的前世今生。

  幸运的是,我的这些想法,获得了任溶溶前辈和他的公子任荣炼先生的肯定,并得到了他们父子俩的大力支持与关照,有的版本还是他们从家里找出并提供的哪。在此,表示诚挚谢意并深铭于心!

  2019年是农历己亥猪年,也是出生于1923年的任老先生九十六岁本命年。如此高龄,他仍每天在呼吸极度不畅的状况下,戴着氧气面罩,笔耕不辍,长文短章不时见诸报端。每每见之,我都感慨不已,视为自己学习效仿的楷模。

  最后,我以这册薄薄的小书,祝愿任老晚年生活愉快。

2019年6月30日

于海上东临轩

浙江少年儿童出版社已出版任溶溶经典译丛系列作品：

○ 《安徒生童话全集》（典藏本）
2005年1月出版

○ 《木偶奇遇记》
○ 《雷木斯大叔讲故事》
○ 《魔戒指》
○ 《我的马戏明星》

任溶溶经典译丛（4册）
2011年1月出版

○ 《杜立特医生的大篷车》
○ 《杜立特医生的动物园》
○ 《杜立特医生的花园》
○ 《杜立特医生的家乡奇遇》
○ 《杜立特医生的马戏团》
○ 《杜立特医生的邮局》
○ 《杜立特医生非洲历险记》
○ 《杜立特医生归来》
○ 《杜立特医生航海记》
○ 《杜立特医生和金丝雀》
○ 《杜立特医生和神秘的湖》
○ 《杜立特医生在月亮上》

任溶溶经典译丛·杜利特医生故事全集（全插图本，12册）
2015年3月出版

○ 《小驼马》
○ 《普希金童话》
○ 《唉呀疼医生》
○ 《邮递员的童话》

任溶溶经典译丛·注音版（4册）
2015年3月出版

○ 《小熊维尼·阿噗》
○ 《阿噗角小屋》
○ 《当我很小的时候》
○ 《红房子疑案》

任溶溶经典译丛·米尔恩系列（4册）
2007年7月初版，2018年3月再版

○ 《如果我是国王》
○ 《怎么都快乐》

任溶溶给孩子的诗（2册）
2019年4月出版

○ 《丑小鸭》
○ 《皇帝的新装》
○ 《坚定的锡兵》
○ 《卖火柴的小女孩》
○ 《拇指姑娘》
○ 《小人鱼》
○ 《野天鹅》
○ 《夜莺》

任溶溶经典译丛·安徒生童话全集（8册）
2020年7月出版

图书在版编目(CIP)数据

任溶溶这样开始翻译 / 韦泱著. —杭州：浙江少年儿童出版社，2020.5
ISBN 978-7-5597-1926-3

Ⅰ.①任… Ⅱ.①韦… Ⅲ.①随笔－作品集－中国－当代 Ⅳ.①I267.1

中国版本图书馆 CIP 数据核字(2020)第 083001 号

任溶溶这样开始翻译
RENRONGRONG ZHEYANG KAISHI FANYI
韦泱／著

责任编辑：王　苗
封面设计：艺诚文化
内文装帧：潘　洋
责任校对：潘祎丹
责任印制：孙　诚
浙江少年儿童出版社出版发行
(杭州市天目山路 40 号)
浙江影天印业有限公司印刷
全国各地新华书店经销
开本 880mm×1230mm　1/32
印张 7.5
字数 100000
2020 年 5 月第 1 版
2020 年 5 月第 1 次印刷
ISBN 978-7-5597-1926-3
定价：45.00 元
(如有印装质量问题，影响阅读，请与承印厂联系调换)
承印厂联系电话：0571-28972688